人类重启

CHILDREN OF THE NEW WORLD

[丹麦] 亚历山大·温斯坦 著　　老光 译

四川文艺出版社

果麦文化　出品

For Peter

献给我的儿子彼得

目　录

CHILDREN OF THE NEW WORLD

新世界的孩子

有时，暮色降临，光线照进家里的样子会让我们想起曾经的另一段人生。我们会谈起他们，谈起他们的面容和抱起他们时胳膊上感受到的重量，还有年纪最小的那位爬到我背上时的姿势。有时，我会看到玛丽一个人坐在客厅里，太阳已下山，只有余晖染红了树梢，我知道她在想他们。我会走过去，伸手搂住她，或是跪在她身旁，头枕在她大腿上。我们就一直这么待着，互相舔舐着伤口，怀疑自己到底是不是魔鬼。

他们不是真的，我们说道，相互寻找着支持。对吗？

对。

然后我们会起身，开始吃晚餐，继续过无儿无女的生活。

对我们这群一早就当上父母的人而言，我们始终无法忘却新世界的神奇和美丽。躺在黑暗的隔间里，将脑袋下面的枕头摆到合适的位置，怀着急切的心情登录到线上。隔间的黑暗消失，迎来另一个世界的光明，我们线上之家的白墙出现在眼前，就连我们的齿间都充斥着电子化的愉悦。我们记得在新家里迈出的第一步，第一次伸手触摸这个世界，仿佛在接受新的启示。我们走到外面，街道两旁的新房子熠熠生辉，其他用户也都在自家的门廊上现身了，挥着手穿过草坪做自我介绍。这地方真棒啊！你们从哪儿上线的？拉斯克鲁塞斯、哥本哈根、奥斯汀。我们就像是婴儿。就像亚当和夏娃，有人说道。我们相互触摸，感觉着他人的皮肤；我们让邻居的手抚摸我们的胳膊。在这个世界里，我们似乎能无拘无束地体会身体的接触，一个在真实世界里我们一直想做，却始终无法实现的行为。谁又能指责我们不检点呢？

在发生了这么多事之后，现在看来，当初的做法或许有些孩子气。然而，每当我和玛丽回忆起那时生活有多么美好，我们谈得最多的还是启用之初的那几个星期，世界还是崭新的时候。谈到最后，我们总会相互印证，说它只是一个美丽的幻影，一种奇妙的电子消遣。“对吗？”我们互相问。答案是“对”。

玛丽的怀孕给我们来了个突然袭击。她十年前就停经了，我们已经习惯了没有儿女的生活。我们等了太长时间，讨论过太多次好处和坏处，还把工作放在了第一位，然后就太迟了。直到玛丽的肚子变大了之后，我们才想起要访问常见问题目录。要找的都在里面，没有什么特别的，这里的怀孕跟真实世界一样，有教程给出了详细的解释。事情是这么发生的：我们原本计划学一下攻略，结果只进行到了如何把注意力转到左边来选择文身和穿刺、转到上面和下面来选择肌肉和年龄，我们就分心了，开始玩起了布景和播放列表。稀里糊涂之下，我们学会了基本的操作：怎么上传音乐到家里的音响；怎么把照片投影到客厅的墙上；怎么把手放到老婆的臀部，她又怎么能钩住你的脖子；怎么才能接吻。于是，她就怀孕了。

常见问题目录告诉我们，解除不想继续的妊娠，就和把文件拖进垃圾箱一样简单，但我们起了好奇心，这里将诞生一个优选了我们两人的染色体并结合而成的新生命。他们保证生产就如同下载一般迅捷无痛，于是我们互相搂着，在线上翻看着婴儿的名字，决心给这个世界增添一个新生命。

在新世界，我和玛丽变成了一对完全不同的夫妻。我们的身体脱离了旧习，不再受荷尔蒙水平的摆布，变得渴望电子化的呻吟。玛丽很快又怀孕了，我们的生活也更加明媚，这是一种在现实世界中无法企及的生活。在线上，和新家人一起，我们找到了幸福。

我和玛丽开始探索新世界的边界时，琼刚满三岁，奥斯卡才两岁。到了那时，绝大多数人都听说过黑暗城市，它就在地平线上，从我们社区的树梢上望出去，就是远处那片棕色的光晕。大家都知道自己可以去那座城市，在欢乐屋和按摩房内享受几个小时，甚至几天。每当我下线去上班时，办公室里的其他人都在谈论自己的周末，笑声里流露出邪恶的欢乐。他们吐露着心声，说那是他们摸过的最光滑的身体。据说那里有“气摩房”，里面的气流会搔弄身体，直至愉悦的巅峰。那里还有“变身寺”，能让皮肤变成战栗狂喜的果冻。我们动心了，我们相互鼓励着说：“你要是想去，我就跟你一起去。”于是一月底的某个晚上，等孩子们睡了之后，我们把他们托付给了一个线上的临时保姆，然后去了黑暗城市。

我曾经见识过阿姆斯特丹红灯区窗户后面的裸体和暧昧的粉灯，我仍然能闻到鹅卵石那厚重的土味，看到黑暗的门廊里一张张饥渴的脸。这就是我想象中黑暗城市该有的样子，而且我预计在我们抵达城门的时候，我便会萌生退意转身离去，在羞愧之余又觉得释然，终于可以把这地方放弃了，一个没有品位的风月之所。尽管在远处看来，城市散发出一种粗鄙的棕色，但走近了看，街道上却点着温暖的橙黄色路灯，电流发出嗡嗡的哼唱声。它有多处入口，大门全都敞开着，如此盛情实在叫人难以推却。我们看到众多男男女女从深处走来，在大门口启程回家。我们说服自己，进去逛一两个街区应该不会有危险。

我们进入了城市的第一个区域，里面都是些打擦边球的娱乐项目，有玩具店和接吻亭等等。橙黄色的路灯照亮了店面，也照亮了走在街道上的其他游客：手挽手的夫妇、坐在路边接吻的大学生、手插裤袋走路的单身人士。一个站在足疗屋前的韩国人在冲我们喊："漂亮的亚洲姑娘，二十个积分换十五分钟。"街的对面，一个性感的男人叫我的妻子"甜心"，邀请我们进去享受他的挠痒痒服务。蛛网般的街道深处传来呻吟，声音悬浮在灯光和繁忙的街道上方，吸引着我们不断往中心前进，那里才是我们真正想玩的地方。

往里走四个街区就到了气摩旅馆群，那里有一幢幢三层的白色小楼，窗户都是黑的，门口拉着表示欢迎的金丝绒绳子。在登记柜台后，一个上身只穿着内衣的年轻女孩为这一次服务从我账户里划走了四十个积分。

"我们是第一次来。"

她说："你们会爱上的！你们肯定没感受过这样的气

流！”她笑着领我们去了电梯，“二楼，十七号房。”

“我们该怎么做？”

“只要关上门，站在房间中央就好，剩下的交给我们。”

我们坐着电梯上到二楼，发现房间里空荡荡的，什么都没有，灯光也是暗暗的。我关好身后的门，和玛丽一起来到了房间的正中间。一阵微风从地板上升起，钻入了裤管，在我的膝盖后面找到了敏感的地方。另有一阵微风抚弄着我的脖子，随后钻入了领口。我们被托着离开了地面，平躺在半空中，气流搔弄着我们的皮肤，间或还会冷热交替地轻咬。微风摩擦着我的嘴唇，玩弄着我的舌头，忽然一阵强风袭向我的胸口，把我压向地面。我伸手去抓玛丽，但什么也没抓到，只有空气。我感觉通体酣畅，仿佛正与风之女神缠绵。玛丽弓着背乘在风上，风不断地爱抚着她，刺激得她娇躯乱颤。我们一起盛开了，身体沉浸在网络中，与电涌合二为一。

由此，我和玛丽变成了众多手挽手的夫妇中新的一对，走在黑暗城市的大街上，因为刚刚体验过云端的欢愉而脚步轻盈。享受了气摩旅馆后，我们又去了“千指亭”，在那里我们闭上双眼躺着，手牵着手，在看不见的手指的抚摸下再次登上云巅。接下来，我们去了“变身寺”所在的城市内环，品尝了将身体变成海洋生物和林间动物的趣味。玛丽变成了一只蓝眼睛的母鹿，而我变成了一头公鹿趴在她身上，犄角抵着她的毛皮。真是太好玩了，我们之间的热情又点燃了，但只是在网上，因为当我们回到家里的房间换下衣服时，电子化的生活已耗尽了我们的体力。当我们在洗手间内擦肩而过时，甚至都不会打量对方裸露的身体；当我们亲吻说晚安时，也不会缠绵。然而，这似乎只是为了网上的欢愉而付出的一个小代价。即使感觉到了现实世界里的相互疏离，我们也并不在意，反而更加期盼每晚的这个时刻，当孩子都睡了之后，我们就会出发，一起去寻找独自的快乐。

我们访问了“捆绑教堂”，没过多久玛丽就在洗手间看到了这个男人，我听到她在屋子的另一头发出了尖叫。他站在那里，身体一闪一闪的，是个低分辨率、脸色苍白的男人，空中能看到马赛克般的身体像素，然而他的私处却以高分辨率的形式凸显着。他看到玛丽后说道：“我想用六十九种方式满足你。”她立刻摔上了门，尖叫着喊起了救命。我打开门，那个人正在抚弄自己，过程中一直盯着自己。“我能帮你重振雄风。”他跟我说道。

常见问题清单里并没有这种情况。在搜索了其他用户的博客之后，我们才找到了把他从家里删除的办法。但我们下一次登录时，门铃响了，我们打开前门，发现了一个来自加纳的男人，自称是我们的远房亲戚。他说他给我们的孩子带来了礼物。他需要我们的积分账号来上传给孩子们的玩具。我们锁上了门，但看到那个人仍然在外面，先是在我们的门廊上踱步，然后又钻过了灌木来敲我们的窗户。我们删除了这位非洲人，但夜幕降临时，我们的台灯已无法带给房间温暖的光明，而是散发出一种幽光，给人的感觉就像是有无数双眼睛在盯着我们的房子，扫描着我们的每一个行动，榨取信息。

玛丽带着孩子去了我们的房间，我则下了线，打了热线电话。电话线那头的人说着蹩脚的英语，声音也因为越洋的关系而模糊不清。他指引我试了一两个办法之后说道："先生，你的账户已经损坏了，只能恢复初始设置。"

"什么意思？"

"你必须删除账户里所有的文件：你的偏好、照片和音乐等等，还要再次创建身体。我注意到你有孩子。"

"是的。"

"你要删除他们。"

"什么？"

"病毒已经感染到他们了。你必须删掉，重新开始。很遗憾，先生。"

"我不会删掉我的孩子！"

"是的，先生，我能理解，这是你的选择。但系统出现了致命错误，只会变得越来越严重。你的账户里全是病毒，很快你就不会想让孩子生活在那个房子里了。"

“我要找你的上级。”

“好的，先生。”那个人说道。我在线上听了足有十分钟的轻爵士乐，他的上级才出现，接着又找了上级的上级。两人的说法都是一样的：我们早就该安装防病毒软件，现在唯一的办法就是把我们的系统还原到出厂设置。

“如果我们搬进新房子呢？”

“恐怕你的整个家庭都被破坏了。”上级跟我说道，“搬家后，病毒还是会跟着你们一起去的。重启很简单，只要按下你设备上的电源键保持二十秒——”

“他们是我的孩子！”我叫道。

“我不知道这么说会不会让你好受点。他们不会有感觉，他们只是数据。”

我挂上了电话，跟玛丽说了这个消息。我们做出了一致决定，绝对不会重启。我们必须要提高警惕，但凡有恶意文件露头，就马上删除。孩子们可以睡在我们的房间里，我们将轮班守着他们。我打电话给公司请了病假，玛丽用掉了自己的假期，但撑了不到一个星期，就已经找不到安全的地方了。一个古铜色皮肤的男人顶着一头鸡冠发出现在我们的房间里，告诉玛丽还有很多跟他一样的男人在等着和她取得联系。一个看上去像是我母亲变体而成的女人出现在客厅，说她被打劫了，需要我们出钱帮她买吃的。她还冲着孩子们喊出了他们的名字，我们不得不拉住了他们，阻止他们跑到她身边。玩具开始遍地都是，只要触碰其中任意一个，我们所有的信息就会通过不安全的界面泄露出去。我们将孩子们藏在毯子底下，跟他们说我们在玩一个游戏。在之后的某个晚上，我们发现自己被包围了，每个房间里都挤满了卡通人物和诱人的美女，前者叫卖着可供下载的游戏，后者则在兜售振动器和除皱霜。

“我们没得选了，”我终于跟玛丽开口了，“你陪在他们身边，抱着他们，我下线去动手吧。”

“动什么手，爸爸？”琼从我们在房间的角落为他们打造的小窝里探出头来问道。我们一时不知该说什么好。

“没什么，”我轻声说道，“过来抱抱我。还有你，奥斯卡。”我呼唤起他们的名字，孩子们从小窝里现出身来，爬上了我的大腿，胳膊缠在了我身上。

我一直跟自己说，我抱着他们的时间够久了。玛丽的遭遇更可怕，她得眼睁睁地看着他们的身体消失在她的怀抱里。

雪是我最钟爱的回忆之一，因为它是增强的结晶，透着原始的纯白，带着下雪时的那种寂静。我与奥斯卡和琼坐在雪橇上，冲下积雪的山坡，山坡不断在我们前方延展。我们呼啸而过时，琼会指着玉米鼻子的雪人，雪人朝我们鞠躬，头上戴的帽子掉落在地。我们走回家时，雪橇拖在我们的身后，一天就这么安静地结束了，暮色降临在地平线上，为傍晚的雪地染上了一层淡淡的紫色。

玛丽最钟爱的回忆是一个春季的早晨，柔和的光线穿透了我们的窗户，照亮了木质的地板。琼在和我玩耍，来回推着一辆火柴盒公司出的玩具车，奥斯卡则躺在玛丽的臂弯里睡觉，我们一家人一起安静地享受着早晨的阳光。

我感觉遗憾的事是我大声训斥了孩子们。他们的小脸上先是露出了不解的表情，随后是受伤的表情。为了什么呢？为了穿鞋花了太长时间；为了不愿睡觉，而我却急于下线；为了让我再读一段故事；为了做一个孩子该做的事。父母不可能把一切都给孩子，不可能把每一分钟都给他们，或是陪伴他们度过生命中的每个小时。但要是能给我第二次机会，我再也不会下线了。我会给他们读故事，直到他们沉沉睡去，并在黑暗中紧紧拥抱他们，再次跟他们说我有多么爱他们。为人父母的感觉永远不会离我而去。即使我重新开始工作，即使我和玛丽一起去吃晚餐、一起去看电影，这种感觉也始终在我的心头萦绕。

每逢周日，我和玛丽都会去科瓦利斯的社区中心参加互助小组的活动。主持人叫比尔·汤普森，一个体形魁梧的男人，长着一脸花白的络腮胡，能让人联想到大灰熊。

他是个热心的家伙，粗糙却不让人讨厌，反而给人安心的感觉，会在休息时间到室外抽红色万宝路。每次见面，他都会为我们带来一篮子各式的茶和咖啡，把我们要坐的椅子排成一个圆圈，通常会用拥抱而不是握手来打招呼。他的见解之一是："不要听别人说什么他们不是真的。"他把手指放到心脏的位置轻轻地敲击着，"在这里他们是真的。"在所有的出席者当中，他无疑是损失最惨的一个，他有五个孩子，还有一个在网上认识的妻子，后来被证明是个骗子。她夺走了他的一切，耗光了他的储蓄、偷走了他的身份，并感染了他的孩子。他告诉我们，我们不应该比较损失的大小，因为痛苦不分级别。"我们要做的不是找出谁受的伤害最大，"他说道，"我们要做的是疗伤。"

我们轮流发言，由新成员先讲自己的故事，他们正在经历大多数人都经历过的阶段。假如他们运气好，在那段生活彻底结束之前打印出了照片，他们就会向我们展示照片。他们会谈起孩子们的气味，在重启之前最后一天他们穿了什么颜色的衣服。他们会哭，比尔会给他们空间，等到他们能接受拥抱的时候再给他们一个拥抱，并教导我们如何疗伤。"我们必须从此刻重启，"他摊开双手向屋里的众人示意，"这个世界总是充满了痛苦和失去。我们要学会重新去爱。"

比尔是我和玛丽的救星。在很长一段时间里，我们找不到他人来分担我们的痛苦。我们有朋友，都是善良的好心人，但他们都没在另一个世界里有过孩子。他们能安慰我们一阵子，一两个星期或一个月；他们送来安慰卡片和鲜花，但到了最后，所有人都提供了一样的建议：是时候往前走了，他们只是程序，你们能创造新的孩子。我们只是阴郁地点着头，知道自己再也回不到从前了。

是比尔的建议帮我们打开了心结，我们终于可以说出，这发生的一切不是我们的错，我们不是魔鬼，我们的孩子不是死于我们的手。我们很孤独。我们需要帮助。我们想再次感受欣喜，感受爱抚。我们不是魔鬼，我们有着人类的渴望。这个世界里真正的魔鬼是那些黑客和骗子，是那些无脸的男人和女人，为了传播病毒带来的一时快乐而摧毁了生命，为了点小钱而牺牲了我们的孩子。

每次活动结束，比尔都会邀请我们像在另一个世界里那样进行身体接触。“人与人之间的接触才是最关键的。”他说道。于是我们相互拥抱，开始时有些拘谨，最终都敞开了胸怀。我们抱住了同命人，抱住了失去孩子的父亲和母亲、寡妇和鳏夫、阿姨和叔叔，以及祖父和祖母。我们把陌生人拉入怀抱，紧紧地抱着。我们的姿势没有电子的成分，身体里也没有电流的低吟，只有他们呼吸的温暖和心跳的声音。

THE CARTOGRAPHERS
记忆绘制师

我们对外的身份是以昆布利－巴雷特及伍兹公司的名义出售记忆。但在私底下，我们三个人一起工作到半夜时，喜欢把自己想象成记忆绘制师。我们租下的这座公寓给人一种船的感觉：屋子里架着厚重的橡木房梁，尽头处立着一扇三角形的玻璃窗户，看着像是扬起的风帆。在白天，窗户显示的是邻近公寓楼铺着防水布的房顶；到了晚上，它映入的是布鲁克林大桥的灯光和曼哈顿的天际线。我们称它为瞭望台，我们则是船长，通过在程序里绘制地图，统治全世界的记忆。在这里画上大海；在这里画上船；在这里画上旅馆；在这里画上通往城市的街道；在这里画上街道上的小贩；在这里画上我们从未拥有过的孩子，以及远远好于现实的父母。在遥远的地方，画上世界的边缘。

到了边缘后，会发生什么？

你会掉下去，我们开着玩笑。

以前有很多边缘，既存在于餐馆和旅馆内，也存在于城市的边界上。我们把旅馆的大部分房间都画得很详尽——打开抽屉，里面躺着一本《圣经》；拿下一幅画，后面是墙壁——但是，在隔壁房间紧闭的门背后，可能是一片空白，只有亮光。当然，也有来自日本的完美派，例如传说中的岛崎隆，会画出每个房间里每一块地毯的纤维，来避免出现边缘，但是我与昆布利和巴雷特却发现，绝大多数的人体验记忆的方式就如同在体验电影。将一部电影发送到双眼之间，能让人生动地记得情节，但不会让人想要了解配角的父母住在哪里。同理，在播放假期时，游客记得的是要在浅海里游泳，要喝椰子壳里盛着的巴西甘蔗酒，而不是要去未曾去过的城市边缘。我承认，假如有游客硬是记得要游到远处超过那些船只；又假如他们硬是要上高速路去城外，并踏上地图边缘的土路，他们就会看到那个大地终结、白光亮起的地方。但是，人们满足于他们的回忆，他们需要的只是一次美好的家庭之旅，只是跳出机舱时深入骨髓的刺激。至于他们跳离的那架飞机，他们并不关心它上面的铆钉和螺栓；他们想记住的只有飞行员的名字叫奇普，他还拍了他们的背，说跳得真好。

普罗大众过去需要，现在仍然需要，而且一直会需要下去的，就是低级趣味的体验。或许还不至于低级到街角小店出售的亚洲造记忆——只售八点九九美元的香艳惊悚片，制作异常粗糙，甚至能看到女孩的皮肤上因软件漏洞而出现的光斑——然而，给他们栽上几棵棕榈树，开上一间饭店，配上长相可人的招待，再建上一处珊瑚礁养上给小孩玩的海星，一套零售价为七十九点九九美元的套餐就完成了。

在《电路板》刊出关于我们的报道后不久，昆布利就做起了不良记忆的实验。这对他来说是一种很自然的发展。他的专长是情绪记忆，与童年、婚姻和青春期有关。他一向讨厌光鲜靓丽的东西，比如幸福的婚姻和快乐的童年，他称之为“人模狗样”。他的第一代记忆都含有某种悲伤的元素：为无儿无女的老人创作的孙儿，为不知爱为何物的独居男人创作的第一次爱抚，等等。然而，昆布利的第二代记忆中却包含了一些真正变态的东西。他将嗑药成瘾的记忆卖给了需要黑暗美感的艺术家，将外遇卖给了从未出过轨的夫妇，将枪战卖给了说唱歌手，将死亡卖给了信教的孩子。

正是为了逃离昆布利制造的负能量，我才巧遇了辛西娅。当时她正坐在我办公室对面的咖啡店里，我经常去那儿喝咖啡，清醒一下头脑，顺便构思快乐的记忆。她面前没有计算机或手机，只有一本摊开的笔记本，而她正专心地埋头于其中。我被她吸引了。自从大学毕业以后，我就没见过人用笔。即使在大学里，也只有上了年纪的教授才会用。她三十来岁，一头棕发，脸颊红润，时不时会把笔抵在下唇上，穿着凉鞋的脚还轻敲着桌子。要不是她的笔没墨了，她可能永远都不会注意到我。

“喂。”她说道。

“叫我吗？”我傻乎乎地问了一句，这里没别人。

“是的，叫你呢。你有笔吗？”她把她的笔举到了半空，“我的没水了。”

“不好意思，没有。”说完后我低头看起了平板，真希望自己在女人身边不要这么傻。说点什么，我要求自己。于是我又抬起头，说了声“喂”。她抬起了目光：“我去问问咖啡师有没有。”

咖啡师也没有。我走回到她的桌子旁。“对不起，”我说道，“运气不好。”

“不奇怪。”她合上了笔记本。

“你在写什么？”

“记忆。”她说道，并用笔指了指我的平板，“你呢？”

“跟你差不多。这是我的工作，我制作记忆。你听说过我们吗？昆布利－巴雷特和伍兹？”她摇了摇头。“很多博客都在谈我们。”

“我不读博客。我想保持离线。”她说道。

“你应该听说过点播记忆吧？”她再次摇了摇头。“那好吧，我叫亚当。”我伸出手说道。

“辛西娅。”她说道。

“如果你想看的话，我可以带你参观一下我工作的地方。我们的工作室就在街对面，我肯定那里有笔。”

她把笔记本放进了包里。“好的，”她说道，“那就带我参观你的记忆吧。”

因为辛西娅，那个周末我没有进办公室。我已经很久没和任何人在一起了，更没有和辛西娅这样的人交往过。我们一起躺在床上时，我能感觉到之前那种被计算机程序和外卖餐盒包围的孤独即将退场，取而代之的是两人一起共赴未来的幸福。简而言之，我坠入爱河了。

周一我请了病假，跟她躺了一天。要是我离开了，她恐怕就会消失。这是好几个月以来我第一次没在构建记忆，而是在往自己的头脑里填补她的细节：她嘴唇的触感、她说我名字时的音色、晨光在卧室里一点点铺开的样子。

星期二，我终于回到工作室，跟那两个家伙说了这事。昆布利很是不屑。“你找到女朋友之后就这样？连班都不上了？”我耸了耸肩，脸都红了。“还以为你们两个都离开我了。”他说道，“巴雷特迷失在《圣经》里了。”

巴雷特低着头坐在计算机旁，内页加金边的钦定版《圣经》摆在桌面上。他在宗教体验里找到了自己的小天地。“你在做什么？”我问他。

“嘘……”他幽幽地回了一句，连头都没抬。

“他在写周日布道。”昆布利说道，“原来大家都觉得假装去了教堂也挺好，跟真的去了效果一样。巴雷特，给我把那本《圣经》放下，我们有重要的东西要谈。”巴雷特先是在书后面用布满血丝的眼睛瞪了一眼，随后才塞好书签，站起身。

我们收到了第一宗投诉。一个精通技术的研究生故意去寻找了边缘。在我们为春假制作的墨西哥小城记忆里，他刻意记着要开车到城市的边界，结果碰到了白光。他在博客里发布的帖子已经在网上传开了。

“我们设计的记忆还不够严密。”昆布利说道。

“是那小子故意去找的。”我辩解道，那是我做的记忆，“我们无法控制用户去哪里。”

“或许如此，但至少我们可以先相互测试。”昆布利说道，“从现在开始，我们发布任何东西之前都要测试，你进到巴雷特的记忆里，他进到你的记忆里，你们两个一起进到我的记忆里。由你们来寻找边缘，搜索每一条走廊，打开每一扇门，用最快的速度开车。一旦找到记忆的边缘，你们就解决它。想在家测试也行，但一定要确保所有的测试都做过。”

“那你做什么呢？”我问道。

“我是控制组。”昆布利说道。他跟我们保证会看着我们，让我们保持清醒。“别担心，”他说道，“我不会让你们的大脑烧坏的。”

测试记忆的风险在于，在经历了太多的点播之后，会分不清哪些是真正的记忆，哪些是点播的记忆。我真的在阿富汗打过仗吗？辛西娅躺在我身边，读着一本书。她众多的独特之处之一就是读真正的书。这本书她从哪儿找来的，我一无所知。但是，她就在这里，用枕头垫高了头，逐字逐页地读着一部小说，花费了无数个小时，不过在这个现代社会，只要她愿意，仅需几分钟就能依靠技术记住整个故事。

“我在阿富汗打过仗吗？”我问道。

“那时你还没出生呢。”她冷冷地回了一句。

“百慕大呢？”

她把书放在膝盖上，摇了摇头。“你上一次真正出行，是去你父母家过感恩节。”

现在是二月。我想回忆起十一月跟父母一起吃晚餐时的情景，但它比我关于热带地区的回忆更不真实。“你确定？”我问道。

她举起了书。“是的，我确定。你一定要停止点播了。”

辛西娅是个素食主义者，还几乎是个彻底的反技术主义者。她将自己献给了收购土地还给美国原住民和保障落后国家用水之类的事业。尽管我支持她的事业，但她却从来没有欣赏过我的工作，这令我十分不满。“你知道原住民也在买我们的记忆，对吗？”

她深深地叹了口气。“我不是瞧不起你的工作，”她说道，“但你在不属于你的记忆上花了太多的时间，而不是想着要跟我一起创造真正的记忆。你上瘾了。”

这句话说得并不完全对。在我们相处的最初几个月里，我只在白天去瞭望台创作记忆，晚上回来陪她。我家附近开了一家新的小吃店，周末我们会去那里吃早餐。晚上我们会叫中餐，然后上床缠绵。但辛西娅是对的，她很多次抓到我盯着窗外出神，想要找出昆布利最新记忆中的边缘。

在工作上，我与昆布利和巴雷特致力于将记忆变得更长，关键在于将记忆打包在一起。一次欧洲之旅不可能只是简简单单的埃菲尔铁塔和卢浮宫，必须包含搭乘飞机、假期之前那一周的工作等等，平常的细节可以增添记忆的黏性。

“所有好的记忆都含有无聊的桥段。”一天晚上昆布利跟我们说道。

“你应该去写儿童故事书。”我说道。

巴雷特通常都很安静。他开始设计死后的记忆之后，变得越发沉默了。疯狂正逐渐占据他的头脑，我们却把他的沉默错认为他在禅修。

“听着，如果要制作完美的记忆，我们就会没顾客了。”昆布利在茶几那头探出身子说道，“我们成功的关键在于给顾客带来百分之九十九的完美体验。让他们离满意总是还差一点点，他们才会一直买下去。相信我。”他又给了我们一批新的记忆要求测试。

辛西娅第一次见到昆布利时就讨厌他。我邀请了昆布利来吃晚餐，希望他们能和睦相处，但当我们坐下开吃时，局面已变得不可收拾。辛西娅正忙着一个公益项目，为马里的孩子提供清洁的饮用水，昆布利以他典型的方式挑起了一场争论。“行，我明白，给他们水喝是件好事，但说白了水并不能救他们。他们仍将死于疾病、内战和饥饿。给他们记忆棒，至少能让他们在死之前拥有美好的记忆。”

“这么做真是太变态了。”辛西娅说道。

“我没听错吧？你有机会给他们一个幸福的童年，却拒绝接受？”

“那不是幸福的童年，那是让他们忘了真正的过去。”

“我认为是你想让他们受苦。”昆布利说道，“他们的痛苦能以某种方式让你体验真实。”

我想缓解紧张的气氛，便建议两件事都做，给他们饮水和记忆。我说，给孩子们水喝有意义，这么做是对的，但是我也看不到给孩子们美好的记忆有什么不对的地方。

“才怪，”辛西娅说道，“你这么做会制造出一批只想着点播的脑袋，他们不会为了改变社会而努力。”

“不对，”我说道，“我们为贫民窟里身世凄惨的孩子们设计父母，免费派送记忆给穷人。”

“这不是改变社会。”辛西娅边说边站了起来，把吃到一半的晚餐留在桌子上，“我希望你们能意识到，你们干的工作是邪恶的。”

她离开了餐厅之后，昆布利喝了一口葡萄酒，咧嘴对我笑了笑。“你确定她就是你要找的人？”他问道，“你再好好考虑一下吧，伙计。”他又待了挺长一阵子，吃完了晚餐，又喝了一杯。我说了最好明天再聊之后，他告辞了。我收拾好桌上的碗碟，去了卧室，辛西娅正在里面看书。

“我真不敢相信你和这种浑蛋一起工作。”

“你们的开局确实不怎么样。”我承认道，“他其实是个不错的家伙，只不过喜欢戳别人的痛处。他是个非常有才华的设计师。”

“这种才华不要也罢。”我进房间之后，她第一次抬头看我，“他的癖好就是窥视别人的大脑，所以他才喜欢干他那份工作，你们是怎么说的来着，‘控制组’？控制狂才是真的。他喜欢控制你们的记忆，你们就是他的小白鼠。”

现在回过头来想想，我能明白这的确是昆布利真正的目的。我还把他当成了朋友——或许我和巴雷特的确是昆布利所能接受的最接近朋友的关系了——但在他的内心深处，我们只是他的社会实验品。不过，那时候我还看不明白，并且对辛西娅称我们的工作是邪恶的、我只是个小白鼠而感到愤怒。

“你干的也好不到哪里去，”我的话未经大脑，脱口而出，“你说想要真实记忆，你说什么要在农舍生活，而这根本就不存在。你跟他一样，都想制造我的记忆。”

她先是看了我一会儿，随后又低头看起了书。“你不知道自己在胡说些什么。”

“对，”我说道，“所以我有一个值上百万的公司，而你只能坐在这里看书。”

“拿去。”她朝我丢了个枕头，“今晚分开睡吧。”

于是我回到了客厅，躺在沙发上，却怎么也睡不着，一直在琢磨为什么我会为了昆布利而跟一个爱我的女人闹翻。或许，这恰巧证明了所有辛西娅想让我明白的事实：他已经深入了我的大脑，为此我会故意去伤害任何想要提醒我的人，无论是提醒我从未去过俄罗斯，还是我从未有过弟弟，尽管他们的提醒是出于爱而不是出于控制。想通了这一点之后，我又回到卧室，钻进了被子里，抱着她跟她说了对不起，还说我想和她一起创造记忆。

这是我们之间第一次真正吵架，这段记忆是很难被抹掉的。接下来的几个月里，我和辛西娅一直在避免谈起与昆布利共处的那个晚上，我也努力抽出更多时间来陪她。我们一起散步，一起在我们最喜爱的小食店吃饭，然后再一起回到我的公寓亲热。然而，我们之间还是出现了鸿沟，而且越来越宽，每当她睡着时，我就会偷偷下床，在洗手间的黑暗中点播高品质的记忆。我到现在才意识到，那时的我曾拥有一切：一个爱我的女人、一个值好几百万的公司，以及一连串等着收购我们的投资者。昆布利称我们为历史创造者。那时的我相信，我们即将成为世界的主人。但很快，我们自己毁了这一切。

“我们要发财了。”昆布利合起双手说道。

“你到底有什么建议？”我问道。

“广告投放。我们要在你的古巴记忆里植入广告：盛着可乐的玻璃杯上有水珠滴落，二氧化碳冒着气泡。一次简单的广告植入就能赚大钱。”

巴雷特依旧默默无语。过去的几周里，他变得越来越不爱说话，但现在他的样子更奇怪。他的上下嘴唇来回地相互摩擦，仿佛正在磨牙。

“我们要商业化了？”我问道。

“只是想变得实际一些而已。客户都等在我们的门外呢。我们能拥有整个世界。”

“够了！”巴雷特喝道，他的声音在房梁之间回荡。

“别急，”昆布利说道，“你还没听我说完。”

“你竟敢跟我顶嘴？”巴雷特握紧了拳头咆哮着，“你知道我是谁吗？我是万主之主、万王之王；我是始，也是终；我是至高无上的神。”他从椅子上起身，站上了沙发，将双手举在空中，仿佛握着一根权杖。“你在煽动不满，应当被钉上十字架！你的双手及双脚应当被砍掉——”

“巴雷特，冷静。”昆布利说道。

“大山在我面前震动！小山也都融化，大地在颤抖，住在上面的人全毁灭了！审判日已然降临！”紧接着，巴雷特从沙发上跳起，一把抓住昆布利，并紧紧箍住了他的脖子。他用的劲儿实在太大了，几个星期之后还能看到昆布利脖子上有瘀痕。我是在看到了昆布利的脸变紫了之后，才慌忙拿起啤酒瓶砸在了巴雷特的脑袋上。我们绑上他的手脚，打了报警电话。

这就是巴雷特的结局。他被送到了北部郊区，在那里他能对着墙不停说教，还可以在任何愿意听的人面前扮演上帝。我们清理他的公寓时，发现了他从未跟我们提起过的记忆。他有一本个人日志，里面详细记录了他点播过的成千个他自己创作的记忆。用来记录的笔记本都破损成了一张张纸，纸上写满了难以辨认的字母。

现在想来，巴雷特其实是以他自己的方式给了我们警告。到了五月，我们第一则记忆广告推出后还不到一个星期，有关我们已经商业化的说法就传开了。有个博主发了个尖刻的帖子，一下子就爆了。众多记忆初创公司立刻抓住了机会，开始宣传自己出售的记忆“百分百无广告”。

“谁能料到呢，他们会对大脑的微调有这么大意见，之前他们怎么没意见呢。”昆布利开玩笑道。但是，他也在担心。当月，销量就下来了，我们的收件箱里还满是恐吓邮件。我们不再是宇宙的主人，只是某个快要破产的公司的股东。

后来，昆布利去了一家生产思想广告的公司。我们清理瞭望台里的私人物品时，他才跟我说了这个消息。我正在清理桌面，只是听了个大概，并意识到我们一起打造的生活从现在起也只剩下记忆了。巴雷特离开了，昆布利也要去追求新生活了，而我什么都没有，只有日渐稀少的存款和辛西娅。

“人们现在抵制思想广告，但很快它们就会变得跟餐巾纸一样普遍。”他说道，“我能把你弄进去，但首先你得先把自己收拾干净。”

我从刚才一直在盯着的地板上抬起了目光，想起了我在战争中度过的那些年。“你说的‘先把自己收拾干净’是什么意思？”

“你一天点播多少个记忆？”

“不是很多。”我撒谎了。和巴雷特一样，我设计了属于自己的记忆，并在睡不着时下载。尽管我会记录我测试的记忆，但不会记录我深夜的狂欢，或是吸干了我存款的那好几百个高端的岛崎记忆。“一天也就几个吧。”我说道。

“好吧。听着，我不是在教育你应该怎样过日子，但是你越来越像巴雷特了。去看看他，唤醒一下你的记忆，看看你脑子乱了之后会变成什么样子。”

“我没事。”我说道。

“不对，你有事。”昆布利说道，“你可能都想不起来我们一起去滑过雪。”

“我当然记得了，我们在布雷肯里奇连着滑了三天粉雪。”

昆布利摇了摇头。“那是我做的记忆之一。”他说道，“听着，我知道你不会因为我说了就停止点播，但如果你要接着点播下去，至少试试这个。”昆布利从他的衣兜里掏出了一根记忆棒。“就当是分别礼物吧。”

“谢谢。”我说道。我知道他和辛西娅是对的，我现在最好不要再去碰新的记忆了，但我就是控制不住自己，反而伸手接过了这个礼物。

回到公寓后，我把从办公室拿回的箱子留在了走廊里，坐到沙发上。我把昆布利给的记忆棒贴在前额，按下了按钮。辛西娅进来时，我已经进入到点播的半途了。

“你在开玩笑吧？”她问道。

“什么？”我睁开了眼睛。

“你刚因为这些玩意破产了，你还——”她没把话说完，“不说了，就这样吧。你去享受吧，点播一晚上也随你，反正我不奉陪了。”她举起两根手指摆了个“再也不见”的手势，转身离去。

“喂！”我说道，“等等，我就快结束了。”我播完了昆布利的礼物，起身去找她，但哪里都找不到。卧室里、厨房里、洗手间里都没有她的影子。她留下的唯一一处痕迹是一张贴在镜子上的字条：

> 我受够了。再见，亚当。谢谢你给我的记忆。很遗憾你更喜欢你自己的假记忆。

接下来的两周里，我在记忆里放纵着自己，以此来对抗内心的痛楚。在一个接一个的点播里，我登上了喜马拉雅山，在拉斯维加斯赌博，和艳星共枕，和名人一起买醉，开着加长豪车横穿好莱坞，坐在世界各地的海滩上看一个接一个的日出。直到某天早上，我醒来看到清晨的阳光，感觉严重脱水，身体发抖，冒着虚汗，想不起来自己究竟是谁。

我有父母吗？他们都还活着吗？

在某个记忆中，我参加过他们的葬礼。在另一个记忆里，我看到他们晒得黑黑的，幸福地生活在洛杉矶。还有一个记忆让我想起了我童年在西藏的家。我在手机里翻找着，手心里滑滑的全是汗，终于找到了一个标为“家”的号码。

铃响三声之后，一个女人接起了电话。

“喂？”她说道，声音既遥远又陌生。

“妈妈？我能回家吗？”我问道。

离开记忆生意后，我的生活基本围绕着康复和学习如何原谅昆布利这两件事。我在努力理顺自己的记忆。我有时会回忆起父母的死，记忆中的自己是一个叛逆愤怒的少年，在他们的葬礼之后躲在落基山里抽烟。可接着，我会听到头顶上的地板在响，听到母亲在厨房里忙，听到父亲在关门之前的咳嗽声，我就会记起我从未在科罗拉多州生活过，而是在布鲁克林长大。我又住在了父母的地下室里，和少年时一样，而且我从未抽过烟，只是成天在这个阴暗的地下室里编写程序。

我在附近的咖啡馆找了份工作，负责布置墙上的艺术品，并给那些来纽约市边缘地带定居的年轻人调制拿铁咖啡。我一直在给辛西娅写一封长信。我会坐下，手里拿着笔，试图回忆爱一个人的感觉。我写下：

我想你，我现在好多了。我想和你一起创造真正的记忆。

昆布利救了我，这一点毋庸置疑。要是我从未爱上辛西娅，她就不可能离开我；要是她从未离开过我，我就不可能停止点播。然而，就连昆布利的善意也有些许变态的意味，他就是这种人。

一直等到写完信之后，我才明白他的临别礼物是什么。在把信纸装进信封后，我拿起笔想要写辛西娅的地址，却完全想不起她住在哪儿。我跟她度过的每一刻都发生在我的公寓或那家小食店，不然就是在冬日的街道上。我去过她的公寓吗？我不知道。在叫停自己之前，我突然意识到自己找到了边缘。在本该跟她家人有关的故事中出现了漏洞，白光刺出了缝隙，随后又从我旧公寓的走廊里亮起。公寓从来就没干净过，而是窗帘紧闭、漆黑一片，到处都是外卖餐盒，床上也乱糟糟的。我们吃过的小食店从来就没有过名字；叫的中餐外卖也没有签语饼。除此之外，一切细节完美无缺，这都是昆布利的杰作，他将一节节的记忆织成了一整段从未发生过的人生故事。我坐在咖啡店里，闭上眼睛，感受眼睑背后闪烁不止的光，感受我的心像帆船一样，远航到世界的边缘，落下。

爱会给记忆留下伤疤，即使那段记忆并不是真的。每当我走在街道上，总是会忍不住想起，我们曾一起在这里漫步，她常常那样挽着我的胳膊，我的内心就会涌起怅然若失的痛苦。你无法抹去记忆，最多只能假装无视。我梳理着过去的记忆，在一个接一个记忆中寻找世界的边缘。我从来没去过法国或是东京，也没见过加利福尼亚的红树林，更没有在加勒比海里游过泳，我也从来没有和辛西娅共享肌肤之亲。尽管如此，我依旧在给她写信。我告诉她，我依然记得我们一起入眠时她肌肤的触感；我给她开门时她眼里的闪光；还有她的声音，一遍遍地告诉我，她有多么爱我。

OPENNESS
全面开放

还没下定决心离开纽约之前，我曾在布鲁克林的一所初中当过代课老师。一个六年级的数学老师患上了下载焦虑症，需要休一年病假，而就业市场又这么不景气，我必须抓住一切可能的机会。代课教数学离我理想的职业差了十万八千里；我拥有视觉艺术学位，这也是我一辈子都在欠债的原因。我唯一能拿来炫耀的就是我的作品，一套有关废弃游乐场的系列画作，收藏在优派搬家公司的俄亥俄州仓库里。过去我常常梦想自己能出名，在大学里讲课，并在美国现代艺术博物馆里举办回顾展。然而，现在我却站在了一伙无动于衷的十来岁孩子面前，试图教会他们在不上网去搜的情况下列出除法竖式。我分发了纸和笔，想让他们在生命中首次体验这种东西的触感，却看到他们相互传起了短信，专注着读取一条条新闪现的消息。课上的大部分时间里，他们都在脑子里猎杀吸血鬼和妖怪，偶尔才会为了迁就我而在我发的纸上懒洋洋地画几笔。

城市让我窒息。每天我都会走在成百上千个陌生人身旁，在拥挤的咖啡馆里抢位置，在塞得满满的地铁车厢里和人背贴背。我会扫描用户资料，会留意到那个在等N线地铁的女人喜欢听激流嘻哈，还有我家附近咖啡店的咖啡师喜欢咸味焦糖。我有过一两次短暂的恋情，但大多数的周末我都会去酒吧，找那些对我的了解只限于用户名的人睡觉。我真想关闭我的层，回到过去的线下生活。但是，一旦真这么做了，你就成了又一个埋首于电子阅读器的老古董，成天抱怨着为什么没人发电子邮件了。

因此，我保持着开启状态，与世界分享着外层最表面的信息，并且过滤着每一个我经过的人，希望能找到某种关系。这位是“城市猫5”，这位是“泽西女孩13”，这位是“爱的三次方”……一天早晨，在N线地铁上，我对面坐着凯蒂，她是“湖边女孩03”，针织帽子下露出长发。我能访问到的其他信息就只有她的家乡，以及她还是单身。

“你好。”我眨了眨眼，发了个招呼声过去。我意识到她开着音乐，于是向她发送了邀请。她抬起了目光。

“你好。”她眨眼回了个招呼。

“你是从缅因州来的？我打算这个夏天去那里旅游。有什么建议吗？”

她往前探出身来，允许我进入她的第二层，我的胸膛里随即涌起了一股暖流。“我是凯蒂，”她眨着眼睛，“你应该去巴港，我就是在那里长大的。”她给我访问权限，让我看了一张湖畔小屋的照片，高高的银松俯视着覆盖着木瓦的房顶。“希望还能帮你更多，但我到站了。”在她站起身等着开门时，我送出了最后一条信息：

我能请你喝一杯吗？

地铁叹息着停下，门开了，她回头冲我笑了笑，随后消失在了早晨上班的人群之中。等到地铁又开始匆匆加速时，我才在脑海里收到了她的联系方式，还有一张她在黄昏时分的湖里游泳的照片。

原来凯蒂也花了两年时间才在这个城市找到了一份稳定的工作。她教老年人如何在层之间自由导航。她帮一位退休的医生上传了孙儿们的照片，好让陌生人祝贺他；还帮了一位九十三岁的寡妇向世界分享她的哀伤。她说最大的困难在于让老人明白层的意义。

“每堂课他们都会问，为什么不能用直接交谈来替代。”我们一起躺在床上时，她跟我分享着。尽管凯蒂和我偶尔也会开口说话，但总是在层的帮助之下。要组织语言来解释你怎么碰到一个朋友，真是太麻烦了。分享记忆就简单多了，朋友的名字和照片能自然地显现。

“至少他们还愿意说话。我班上的学生连说声‘你好’都不愿意。”

“你还记得以前是什么样子吗？”她问道。我试着回忆高中时的情景，但记不清了。我确信过去我们开口说得更多，但好像在给出个人信息时也会压低嗓音。

“记不大清了。”我说道，“你呢？”

“当然记得。我家的房子远离了覆盖，一回到家，我就只能开口说话。”

“那是什么感觉？”

她分享了一张与父亲在林中漫步的照片，林地上覆盖着积雪。我感觉到了妒忌的刺痛。在我长大的地方，没有可以漫步的原始森林，只有废弃的小超市和一条高速公路，还会有卡车呼啸着经过我们的镇子。那地方更像是一座加油站，而不是有人居住的社区。唯一的林子在中学后面，那是个危险的地方，如果跑得不够快，大孩子可能会来找麻烦。我的父母肯定不会跟我说话。母亲有抑郁症，我的整个童年里，她要么躲在卧室紧闭的门后面，要么就在餐桌旁做着填字游戏，每当我向她提问时，她都会叫我闭嘴；父亲揍我揍得非常狠，有两次我都晕过去了。我不想向任何人开放我的过去，自从离开俄亥俄州之后，我一直都把那些记忆埋藏在层的最深处。

因此，刚开始的几个月我分享得很少。凯蒂给我看了有关她最好的朋友和家人的记忆，我则给她看了代课老师无聊的日常生活和我最喜爱的乐队。我知道凯蒂能感觉到我隐藏记忆的轮廓，就像是床单覆盖之下的石头，但她还是暂且让我保留了还没有开放的层下面那属于我个人的痛苦。

⁘

那个夏天，凯蒂邀请我去她家和她父亲一起共度周末。我们租了一辆车，一路开到了缅因州的海边。我们听着最喜爱的歌曲，停下加油，最后离开了九十五号州际公路，开上了当地的小路。已是午后时分，我们的车完全被松树的树荫遮蔽了，信号开始变得不稳，我能感觉到我与凯蒂的链接变得时有时无。

“还是干脆下线算了。”凯蒂说道。她闭了一会儿眼睛，突然间我感觉我们之间出现了断层。隔壁坐着一个我无法访问的女人。“放松，亲爱的，”她伸手抓住了我的手说道，“我还是我。”我握紧了她的手，闭上双眼，也下了线。

她的父亲名叫本，是个大个子，身着臃肿的绿色马甲，让他显得块头更大了。“你就是安迪吧？”他握着我的手说道，“我帮你拿行李。”他从后备厢里把我们两个人的行李都拿了起来，让我觉得自己很没用。我跟着他进了屋，感受着凯蒂跟我说过的宁静。这里没有别人发来的消息，没有叮叮作响的帖子需要阅读，房子里就我们三个人，陪着我们的只有一台老式冰箱的低吟。

以前的女朋友把我介绍给她家人时，我们会坐在苹果蜂餐厅里，用外层获取的信息来聊些不痛不痒的话。本没有可供访问的外层。我只知道一些凯蒂跟我分享过的东西。我知道她十四岁的时候母亲就去世了，她父亲在这座房子里花了整整一年的时间来哀悼，但这些似乎都不适合在此提起。于是，我站在那里，看着客厅的窗外，试图回忆以前人们对彼此一点都不了解的情况下，是怎么交谈的。

“凯蒂说你从来没来过缅因州。”

“是的。”我说道，声音在舌头上留下了奇怪的感觉。

他走到了客厅窗户跟前。午后的阳光洒在池塘上，粼粼的波光随风荡漾，蓝色的天空一望无际，只有红松的尖顶点缀其间。“很美吧？”

“是啊。”我说道。冰箱发出嗡嗡声，我还能听到凯蒂在屋子的另一头打开抽屉往里放衣物的声音。我不知道接下来该说些什么。我想起了一个情景，她在我们开始约会不久后就开放给我了。“我听说你在这里钓到过很多鱼。”

“你喜欢钓鱼？”他问道，并把手搭在了我肩膀上，“跟我来，我给你看个东西。”

本从柜子里拿出了一个古老的平板，给我看了屏幕上的照片。这张是他和凯蒂拎着一串鱼；那张是他在厨房的水槽里给鳟鱼刮鳞。我们一张张地翻看着二维的图片，如同我儿时人们的做法。凯蒂来救我了。“来吧，跟我去湖边看看。”她说道，“爸爸，你可以过会儿再显摆你的老古董。”

“总有一天你会感谢我保存了这东西。”他说道，“凯蒂小时候的照片都在这里面。”他关上那玩意，把它放回了套子里。“好好玩。一个小时后吃晚饭。”

到了外面，凯蒂领我踏上了我只在她的层里见到过的小路。这里有一棵横卧的雪松，她在下面建了座城堡；那里有块石头，她在二年级的时候从上面削下了云母片。我们抓着从土里冒出来的树根，爬下小路的边坡，来到了一小片沙滩，那上面散落着空空的贝壳，还有贻贝和蜗牛攀在湿湿的石头上。沙滩的尽头有一块石头伸出水面，一只孤独的苍鹭站在石头的最高处，显得很扎眼。

以古老的方式分享事物自有其美妙之处。我们两个走在岸边，闻着松树的味道，午后的夏日凉爽宜人。这么多年来，我还是头一次希望手边能有个素描本。凯蒂在说话，说到激动处会指着湖面或是指着我，一副手舞足蹈的样子，我长大以后还从未见人这么表现过。我努力听着每一句话，感觉到了大脑的无能，没法将她的语言转换成画面。她说的是秋日里的房子，壁炉里烧着柴火，有烟的气味，以及脚下的落叶发出的“吱吱”的抗议声。

“你在听我说吗？”见我没有反应，她问道。

“对不起，”我说道，“我在听。只不过没了叮叮声，很难意识到你在发送……不对，很难意识到你在说什么……”我闭上嘴，深吸了一口气，心里真是讨厌语言的笨拙。“我猜可能是太不习惯了。”

凯蒂的语气变柔和了。“我懂。我在城里时，有时也会忘了这地方是什么样子，必须要访问一下照片才想得起来。肯定是哪里出问题了，不是吗？”

“是的，”我同意道，“我觉得是。”苍鹭一弓背起飞了，拍打着宽大的翅膀往湖对面飞去，远离了我们。

那天晚上，她父亲煎了当天早些时候钓到的鲈鱼，香料和牛油的味道填满了整个小屋。我们喝了带来的红酒。晚餐过后，本拿出了一个蓝色的棋牌盒子，我们三个坐在客厅里，玩起了真正的游戏。我已经有十年没见人玩过了。

“你不会玩字母接龙吗？”凯蒂吃惊地问道。接着，她解释了玩法，要用很多个刻着字母的色子来组词，用纸和笔把想到的词写下来，想的时候不能和其他玩家交流。我坐在那里，想象着凯蒂在用手捂着自己的纸时心里到底有什么感觉。

“你觉得怎么样？”玩完第一轮后凯蒂问道。

“好玩。”我承认道。

“那还用说。”本再次摇起了色子。

我和凯蒂上床之后，听着窗帘紧闭的窗户外传来的蟋蟀叫声。我已经很久没听过它们合唱了，每个叫声都那么协调。

“你觉得这地方怎么样？”

“很漂亮，但我无法想象离线长大的生活。”

“你不喜欢这种感觉？”

“不太喜欢。”我说道。离线让我想起了层出现之前我的家庭生活，我和父母一起住在俄亥俄州的日子，一段在技术的帮助下已被埋葬的日子。“你呢？”

“非常喜欢。我能这样活一辈子。”我看着黑暗中的她，想要扫描她的眼睛，但只能看到她在望着我，熟悉又陌生，“我爸爸怎么样？”

“我喜欢他。”我说道，但这只是我真实想法中的一部分。我真正在琢磨的是他和我的父亲有多么不同。我与父亲从未一起坐着吃晚餐，或是玩棋牌游戏。我会加热速冻比萨，在厨房里吃，而父亲会躺在沙发上随便看看比赛，一直等到他最终起身，把瓶子咣的一声扔进垃圾桶后，电视才会关上。想到这些情景，我觉得凯蒂和她父亲在跟我恶作剧。人们不可能过既没有喊叫，也没有打架的生活。

我感觉到凯蒂温暖的手放在了我的胸膛上。“怎么啦？”

“没事。”

“你可以跟我说，”她说道，“我爱你。”

这是她第一次说出这三个字。原先我们只有这份默契，我们能感觉到，比如我们一起站着刷牙时，它会突破她的层释放出信号。有时，到了深夜，就在陷入梦乡之前，我们会伸手握住对方的手一起入梦。

“我也爱你。”我努力挤出了回答。这几个字的分量让我身上发生了某种变化。我感觉句子在我脑海里生成，词语一个个地排好了队等着被释放。没有了层，就再也没有东西能阻止它们喷涌而出了。“凯蒂，”我对着黑暗说道，“我想跟你讲讲我的家庭。”

她抱住了我。“好的。”

就在这所房子里，我与凯蒂紧紧相拥，开始讲述。我不知道说了多久，只知道我已融入了自己的声音，在凯蒂和蟋蟀的相伴下，舒心地听着声音消失在空气里。

在小屋里共度的那一晚让我们的关系更近了。回来之后不久，我为她解开了更多的层，给她看了我父母的照片——我保留了为数不多的几张。有一张是我在高中毕业典礼上：母亲深陷的双眼盯着镜头，父亲双手插在口袋里，我站在中间，我们都没笑。我给她看了脏兮兮的、贴了 PVC 墙纸的房子，还有光秃秃的草坪，那是冬日的寒风和父亲那台永远在漏油的卡车造成的。她也给我看了她隐藏的层：她母亲的葬礼在缅因州一座小教堂举行，之后她父亲逃去了小屋，她学会了给自己做饭。在解锁了不良记忆之后，我发现自己原来还藏了几段美好的记忆：一个雪天，父亲展现了少有的温柔，拉着坐在雪橇上的我穿过小镇；母亲在临死前不久从屋里现身，给快要去上学的我一个拥抱。

因为分享了层而使得双方更为亲近，凯蒂建议我们试一下全面开放。这意味着要将我们最痛苦的伤口当作礼物送给对方，我们的灵魂之中再也没有丑陋之处值得隐藏。这也算是一种潮流，在布鲁克林的情侣之中，越来越多的人在手指上文上了一个简单的圆圈，向世界宣布着他们之间的赤诚相见。他们会前往在废弃的肉类加工厂举行的开放式派对，派对上的人会开放所有的层，和着 DJ 直接灌进他们脑袋里的打碟音起舞，向陌生人展示各种级别的痛苦和欢乐。我讨厌这些情侣，觉得他们是一伙赶时髦的乡下人，都是在爱心膨胀的父母的抚养下长大，定期领着零用钱，只有简单的历史可以分享。

我跟凯蒂说，全面开放似乎还没到时候，不只对我们而言，实际上对所有人来说都是如此。我们的文化仍然在适应技术。上线之后过了十年，我仍会发现我喝醉的样子溜到了我的工作层，还有更糟的，比如我不得不把香艳的小片子冲回到隐藏层的黑暗之中。

“我保证不会评判你。”我们躺在床上的时候，她跟我保证道。她把腿放到了我的腿上。“能知道对方的幻想是多么火辣的一件事啊，这一点你肯定懂吧。”我眼前出现了十几个叮叮作响的帖子，这便是全面亲密的好处，再也没有误解，也不用猜测，只需一个能被伴侣访问的个人癖好数据库。

“那黑暗层呢？”

“我们也要解锁。”凯蒂说道，“这才是爱：看到所有可怕的东西，却依然爱着对方。”

我当时以为自己想明白了。尽管我的心跳到了嗓子眼，我的恐惧太过真实，身体都变冷了，我还是选择相信全面开放并不是安全的对立面，而是能找到安全的唯一保证。在那个夏日的傍晚，我和凯蒂坐在床上，互相凝视对方的眼睛，给了对方全面的访问权。

我花了很长时间来思考到底是哪里出错了，难道真的是全面开放造成的？有时候我觉得是，在全面分享了你自己后，在无法被爱的时候，秘密才是双方的黏合剂。有时候，我又觉得自己和凯蒂本就不可能成为长久的一对，全面开放只是让我们更早地意识到了，又或许这只是软件的局限造成的。我们是在层之下长大的第一代，我们做过成千上万个教程，教人如何阻挡不受欢迎的用户，却没有一个是教人培养同理心的。

全面开放当然也有好处，就像是看到了我的画作后，凯蒂用一个素描本和一套画笔给了我惊喜。或是在那些晚上，我经历了一整天代课老师的憋屈后回到家，她在见到我之前就已知晓了我的情绪。她会直接让我上床，给我按摩，无须再互传消息。然而更多的时候，那些不应在我们之间分享的事情会刺痛我们的爱：我过去的性经历让凯蒂不痛快了好几周；我们出去用餐时，都对男女招待产生过短暂的好感；我们偶尔会对彼此产生不该分享的不快。让人进入所有的秘密，就等于让他看了我们的阴暗面。而且，我们并没有对对方的苦恼产生同情，反而指责起了对方的短视，怨恨很快就累积了起来。一天晚上，我在酒吧看到凯蒂不敢在酒保面前大声说话，突然意识到他的脸和她童年时学校里的小恶霸很像。“你早该放下了。”我恼怒地眨着眼睛，把信息发给她。这件事过后不久，在看一场我不怎么喜欢的电影时，她闯入了我自己尚未注意到的层。“他只是个演员，不是你父亲。”

然后就到了我们参加的最后一次新年派对了，我们去了她朋友位于湾脊的家。派对的主题是二〇〇〇年风情，客人要真的开口跟彼此说话。一伙派对的常客在显摆他们的蓝牙耳机，大声对着耳机叫喊。我们听着喇叭里放的杰米罗奎尔，在回收的平板电视上看着《天线宝宝》。凯蒂很享受。她跟着音乐起舞，几乎没和人发过信息，而是一直在口头交流。我想表现得随和些，但最终还是关闭了我自己，只允许别人访问最表面的层。大家都喝多了，他们的层也乱了。

我们和一个戴着可笑棒球帽的家伙聊天，他假装我们在一九九九年。“你们觉得半夜计算机会爆炸吗？”他问我们。[1]

凯蒂笑了。

“不会。”我说道。

凯蒂发着信息：得了，放松点。

我回了一条信息：我对这种俗气的玩意没兴趣。

“我对发传真很感兴趣。”戴着棒球帽的家伙开了句玩笑，凯蒂又笑了。

“发传真是二十世纪九十年代初的事了，你不知道吗？”我说道，随后又给凯蒂发了一条信息：你在和这家伙调情吗？

“我说，看看这个蓝牙。你们相信过去的人会戴这玩意？”

“是啊，真好笑。”凯蒂说道。她发了一条信息：没有。我没在调情，我在说话。你为什么不试着加入呢？

我跟你说了，我不喜欢说话。我回复道。

好啊，那你这辈子都别说了。

“你们有什么新年计划吗？”那家伙问我们。

1　指“千年虫”事件。

“有，”凯蒂盯着我说道，“多说话。”伴随着她的恼怒，她深处的层里闪现出了一个清晰的画面。这是她想象中未来的一个瞬间，我看到我们在缅因州划着独木舟，和我们的孩子一起歌唱。尽管我们讨论过我绝对不会要孩子，他们还是出现在了画面里；我小学毕业之后就没大声唱过歌，画面里的我却在高声歌唱。我这才注意到了其他不对头的地方：“我”的眼睛是蓝色的，不是棕色的；“我”的声音很活泼，身材健美，是现实中的我永远无法企及的模样。尽管我和独木舟里的男人有相似之处，就好像凯蒂尽力把我放进了他的模子里，但不同之处也很明显。坐在独木舟里的是凯蒂希望拥有的家人，但和她在一起的男人却不是我。

“这到底算什么？”我大声问道。

“这只是个问题，”那家伙说道，“如果你觉得不方便，可以不分享。我的愿望是戒掉含麸质的食品。”

“抱歉我得离开一会儿。”我说道，发消息要求凯蒂跟我走。我们在平板电视旁找了个安静的角落。

“你的未来里面到底是谁？”我轻声问道。

“对不起，”她看着我说道，“我真的很爱你。”

“但却不想跟我共度人生？”

“十……九……八……”身边的宾客跟着从时代广场传来的画面一起倒数。

“也不能这么说，”凯蒂说道，“你几乎就是我想要的一切。”

接下来发生的事并不是我们主动做出的选择，只是我们身体本能的反应。随着我们的层相互关闭，我的皮肤上不禁起了鸡皮疙瘩。我再也无法访问湖畔房屋或是她父亲的照片，她童年的狗也没了，接着消失的是她的第一个男朋友和她的大学岁月，最后剩下的只有她的皮肤，在电视光线下泛着金属的颜色，以及我自己的记忆，深深地埋在我的层里。我们又成了陌生人，我们站在那里对视，身边参加派对的人正在倒数新年到来前的最后几秒。

分手之后，我离线了很久。我放弃了说服我的学生去体验真实的生活。当他们抱怨读《我有一个梦想》演讲稿太无聊时，我会让他们看一个激流嘻哈的版本，然后坐下看着窗外，想着凯蒂。每天我都独自走到车站，带着素描本坐上地铁，画着我还记得的缅因州之旅的细节：岸边的破贝壳和阳光，准备起飞的苍鹭，夏夜里凯蒂的脸。我记得最清楚的是那些无形的细节，那些无法画出的细节。我们围坐在餐桌旁品尝的那条鲈鱼的味道；一只蟋蟀不知怎么就钻过了窗帘缝，在我们的床上跳舞；在我们互诉衷肠之后，湖边寒意袭人，我们裹紧了身上的毯子；我与凯蒂和她父亲一起坐在客厅温暖的灯光下玩着游戏，她父亲摇晃着塑料容器，里面的色子发出撞击的声音。

“好了，安迪，你准备好了吗？”他问道，手捂在了盖子上。

我以为我准备好了。

THE YEAR OF NOSTALGIA

缅怀之年

I

妮恩发现父亲在后院里冻僵了。她告诉我说，她父亲手里拿着剪子站在灌木丛边，却没在修剪篱笆。天知道他在那里站了多久，身体都开始发抖了。她推着她父亲进了屋，给他倒了一杯茶。

“你得回趟家，莉亚。”她说。于是我又去请了一周的假，得到了上司不情愿的同意，并回到了俄亥俄州。

从整理屋子到收拾花园，我们的父母无论干什么都形影不离。父亲会收拢落叶，母亲会准备午餐，他们会坐在午后斜阳下的客厅里一起看电子书。到了晚上，他们会在流媒体上看电影，或是到镇上吃一顿特别的晚餐。他们是少见的亲密夫妇，一辈子的良伴与密友，如今称得上绝无仅有。后来，突然就只剩下了父亲，他跟我们打电话说母亲走了，并且不跟我们商量就安排了葬礼，全程板着脸，隐藏着自己的痛苦，跟所有人都说他没事，不用担心。

在葬礼期间，我试着帮父亲做饭、打扫屋子、洗盘子，还计划多待一个星期，但他把我和妮恩赶走了。他跟我们说自己没事，叫我们回家，我们都有自己的生活，待在这里没用。又过了两天，他开口直接叫我们走。我们能怎么办？妮恩开了三个小时的车回到了她在托莱多的公寓，我则飞回了博尔德，西奥和孩子们在那里等着我。可是，才过了一个星期，妮恩就打来了电话，说父亲需要帮忙。

妮恩去机场接了我。除了参加葬礼，上次我们一起回家已是十年之前的事了，当时我研究生刚毕业，她刚读完大学一年级。我们就一个愚昧的话题展开了争论，那是她痛恨的一门人类学课程，我说她思想封闭，她骂我是个自命不凡的泼妇。从那以后，我们好几年都没说过话。我本希望悲痛能缩短我们之间的距离，但她接了我之后，又显露了她恼人的本性。她开车时一边问着我的旅途是否顺利，一边还在翻着眼睛用隐形眼镜发信息。

“噢。”我跟她说起孩子们的情况时，她附和着，突然又为眼角的视频而发笑。于是，我没再往下说，而是坐在副驾驶座位上，暗自咒骂起她这代人的注意力缺陷症。

“要是爸爸得了老年痴呆，”她终于说出了口，“你必须搬回来。我没法一个人照顾他。”

“他只是太伤心了。”我说道，不敢想象要搬回中西部会是什么样子。我没法割舍一切：我们的工作、孩子们的学校，更别提要在俄亥俄州的郊区生活。妮恩也许可以在这里生存，我可不想回到这个地方。

父亲的房子里乱成一团。连着好几个星期的餐具都没收拾，桌子上、灶台上和书架上到处是脏盘子和用过的玻璃杯，一堆堆的脏衣服就堆在父亲脱下它们的地方。我洗了衣服，刷了盘子，还拖了地板，父亲却一直在说他不需要我们的帮助。到了晚上，我们发现他站在地下室的热水器旁边，至于为什么要站在那里，只有他本人才知晓。我领着他上了楼，帮他上了床，妮恩用她在储藏间里找到的一瓶杜松子酒为我们调了杯喝的。我们坐在餐桌旁，都已疲惫不堪。我在眼睛里搜索着有关父亲状况的一些建议，妮恩则在视网膜上玩着无聊的小游戏。

"'缅怀'怎么样？"我问道。

"那是二十年代的老古董应用了。"妮恩说道。

"这上面可不是这么说的。"

我眨了眨眼将文章发给了她。她一边玩游戏一边浏览。"哇，"她咕哝了一声，"真想不到老年人还在用。"她眨着眼将评论区里的一篇博客发给了我，博客里有很多链接，很快我的眼睛就打开了相关的帖子。

和其他人的原因一样，为了度过分手期，我曾经短暂地订购过"缅怀"。我上传了自己和山姆的视频，他的全息影像就出现了，开着各种笨拙的玩笑，让我心跳加速。不过，每当我怀疑自己与他分手的决定时，我都会访问应用的阴暗面，他的全息影像又变成了恶狠狠的老样子，还笼罩在乌云之中，证实了离开他之后生活变得有多么美好。“缅怀”帮我忘了他，但也让我变得更加依赖和可悲，尤其是在那些晚上，我对着他鬼影般的全息影像，借助短视频来释放自己。妮恩则更习惯重新开始。她曾经上传了老朋友的全息影像至联系人名单，以此来记住她的高中时代，但后来她厌倦并删除了应用。

然而，打那以后，“缅怀”变了，我们浏览了一篇又一篇文章，点击了一个又一个推荐的帖子，等我们上床时，早已经过了午夜。第二天早上，我们两个都红着眼出现在早餐桌旁。

“爸爸，”我们说道，“我们有办法让妈妈再回来。”

我们在一个落满了灰的盒子中找到了父亲的隐形眼镜，盒子躺在他衣橱最下面的抽屉里。父亲的信息流里没有日常生活的视频，没有度假的照片，也没有他和母亲一起做园艺的现场记忆。他们只会用隐形眼镜来打视频电话，甚至没探索过应用，只是把它当成了简化版的视频聊天软件。

“为什么我要让其他人看妈妈做园艺呢？”他问道。

“这样我们就能拥有记忆了。”我说道。

“你拍过照片吗？”妮恩问道。

“当然，我在电话上拍过很多。”

“你在开玩笑，对吗？”

但他没开玩笑，他确实用旧苹果手机拍照。我们浏览了内存里那些百万像素级的他和母亲的自拍照，两人摆出二十一世纪初人们拍照时常用的姿势。有几张照片令人费解，因为镜头显然离他们很远，肯定不是用自拍杆拍的。

“你们怎么能拍出这种照片？”妮恩问道。

“我们让人帮忙拍的。”

我耸了耸肩。“我只能说那时候人与人之间的信任感更强。”

看来创建“缅怀”不会如我们想的那么简单。应用里跳出着各种下拉对话框，要求上传父亲的照片，签署用户协议，还要点击确认逼真度不能达到完美等等。我们还要等上二十四小时，听上去像是要到永远，但好歹可以从照片里重新创造母亲了。

为了打发时间，我和妮恩收拾了疏于照料的后院。我们在秋日的阳光下耙拢落叶，身边的树木炫耀着满身的金黄。我想要打破沉默，但妮恩却在眼睛里看着视频，还听着音乐。她在宽阔的后院里收拢几个落叶堆之后就停手了，耷拉着肩膀。我走过去将手放在了她背上。

“你没事吧？”

她闭上了眼睛。“你也会让她进入你的信息流吗？”

我还没想过。“我猜没得选，对吗？至少为了确定她看上去像妈妈。”

"我猜我们两个都没得选，"她说道，"感觉很奇怪。"

我再次想象着母亲在我们放假回到家时高兴的样子。我不知道再次见到她后我会怎么反应。妮恩看着像是快哭了，我想给她一个拥抱，但她拿起钉耙穿过院子去了一个我们还没来得及清理的角落，这让我们两个都陷入了悲痛之中。

母亲在一个阳光明媚的周六下午回到了我们身边。父亲、妮恩和我一起坐在沙发上，戴上隐形眼镜登录，看到了母亲，她就站在我们面前的木地板上。

"莉亚，"她说道，"你怎么样，亲爱的？过来给我一个拥抱。"

我看着妮恩。"那就抱一下？"妮恩问道。

于是我穿过房间上前，母亲朝我探出身来，将她的全息胳膊绕在了我身上，仿佛她是真的一样。接着，她叫妮恩也起身给了她一个拥抱。抱完后，她挨着父亲在沙发上坐下。"看到孩子们回家了可真让人开心啊，路！"

父亲没有说话，只是看着她，但他的眼里露出了笑意。

"你知道我们该做什么吗？"她从我们上传的照片里挑出了一处细节，"我们今晚该雕刻一只南瓜。姑娘们的意见呢？”随后，她起身去了厨房，天知道她要干什么。我们跟着去了，发现她靠在厨房的窗户旁看着外面的院子。“是的，我们今晚就来做这个。”

在她的坚持下，我们买来了南瓜。到了晚上，大家一起坐着雕起了杰克南瓜灯。母亲从我们用隐形眼镜上传的信息流里知道了很多我和妮恩的事。她问了我西奥和孩子的情况，还提议我们跟他们视频通话，但我撒谎说他们在看电影。我才跟他们解释了母亲的死，现在还不是时候让孩子们跟她的全息影像进行对话。如果有关母亲的这个点子可行，我们准备让孩子们在圣诞节回老家，但现在看到母亲正建议我们腌制并烘焙南瓜子，我不确定我的想法是否可行。掏空了的南瓜在桌子上冲我们诡笑，我们在它长满獠牙的嘴里点上了一根蜡烛。

“看上去够恐怖的了。”母亲说。

妮恩看了看我。“可不是吗？”

我们跟母亲又待了一个小时。她的全息影像总让我觉得缺了些什么，可能是一条腿，或是一只胳膊，哪怕她十分完美。妮恩看着像是快受不了了，于是我们说要去休息了。我给了母亲一个空空的拥抱，然后又抱住了父亲。“你确定能接受吗？”抱着他的时候我问道。

“谢谢。”他对着我耳朵说道。随后他谢了妮恩，他的隐形眼镜在厨房的灯光下显得有些黯淡。我们留下他跟母亲一起坐在餐桌旁交谈，后来还察觉到他们打开了电视，一起在网上看了电影。我和妮恩带着怀疑上了床，不敢确定我们的决定是否正确。

清晨四点，我们听到了垃圾桶拖行在车道上的声音。我打开窗帘，看到屋外冷冽的清晨里，父亲正在与落叶搏斗，而这些落叶则来自我们早前放在路肩边的袋子。他举起了其中一只大纸袋，想要塞进垃圾桶，却把落叶撒得到处都是。隔着两户门的邻居家的狗叫了起来。

等到我们到了外面时，父亲已去了车库，正在从墙上取下一把钉耙。我和妮恩站在车库里昏暗的灯光下，想要阻止他离开。“爸爸，你在干什么？”我问道。

他紧紧抓着钉耙，一副想要冲我们挥过来的样子。“你们不能把袋子放在那里不管。”

“爸爸，”妮恩说道，“你快冻僵了。进屋——”

“要下雨了，袋子会裂开，把这地方搞得没法收拾。”

“爸爸。”妮恩又叫了一声。

“你们这两个孩子什么都做不好。”他想绕开我们，但是妮恩用手抓住他的胳膊，不让他离开。

“爸爸，”她说道，“妈妈在哪里？”

我眨了眨眼登录“缅怀”，发现母亲依旧在楼上的房间里。父亲在冬夜的昏暗中呼出一口白气，抓着钉耙，指关节都变蓝了。

“你们这两个孩子把事情搞得乱糟糟的。”他气呼呼地说道。

“对不起。”我说道。妮恩温柔地拽着他的胳膊。

“来吧，爸爸。我们给你煮点咖啡，怎么样？你来跟我们说说该怎样清理落叶。”

父亲没有动，但抓着钉耙的手松开了。他的目光越过我们两人，落在路肩和散落在那里的落叶上。“瞧你们搞得有多乱。”他说道。

到了屋里，父亲手里捧着茶杯，跟我们说楼上的那个女人不是他的妻子，我和妮恩则睡眼惺忪地听着。

“我们知道，”妮恩说道，“我们一直想让你明白来着。它只是个全息——”

“她是个该死的幼儿园老师。”

“啊？”我问道。

“你们都起得挺早啊。”母亲进了厨房，“有什么好事吗，懒虫们？”

“她不是我的妻子。”父亲重复道，因为没戴隐形眼镜，所以看不到她的到来。

母亲哼起了一首我们儿时的曲子。“你们两个姑娘早餐想吃什么？加巧克力碎的松饼怎么样？”

“我觉得还是把她退出算了。”妮恩小声说道。我们真的这么做了，母亲消失了，她的曲子才哼到一半。父亲的双手在颤抖，我伸出手握住了他的拳头。“你再解释一遍，好吗？”

这花了他不少时间。父亲多数时候都在重复说那个女人不是他的妻子——我们刚开始不知道到底是什么原因——但最终总算明白了：儿歌，巧克力碎松饼，不经意间流露出的跟小孩子说话的口气。我们上传的视频都来自我和妮恩的记录，大多数发生在我们小时候。母亲的全息影像更接近于我们儿时的母亲，而不是父亲熟悉的妻子。尽管昨晚她给父亲带来了新鲜感，但在我们睡觉了之后，她能聊的就只是在这个冬天要一起堆雪人。

我们登录了“缅怀”，想找个紧急联络电话或是电子邮件帮助中心，却没找到。上面没有联系方式，也没有常见问题的列表，只有一只愚昧的卡通狐狸一直在我视野的角落里跳个不停，问我有什么要帮忙的。

“怎么才能去掉这只该死的狐狸？”

“我认为狐狸是我们唯一的希望。”妮恩说道。于是我用右眼冲它眨了一下，并在思维里打出了一个简短的问题。几秒钟之后回复就来了。

很遗憾你的母亲有问题。你能描述一下具体情况吗？——德维

我们告诉德维，母亲困在了儿时的情境里。

能让你父亲也上传资料吗？这应该可以解决问题。

父亲没有信息流。我们在意识中打着字。

好吧！你们能访问其他社交媒体吗？你母亲写的博客、个人网页，或者她以前的社交网络账户？

不行。我们告诉他，母亲甚至连智能手机都没有。还有其他什么能用的吗？

推荐使用档案服务！我们基于情感的人工智能可以在文字材料的基础上重建你们的母亲。请点此链接，了解如何上传日记和随笔。

日记？随笔？这些都是人们在古代才会写的东西。但当我们问父亲时，他说地下室的大木箱里可能有这种东西。果然，在楼梯下面一个落了灰的古旧木箱子里，我们找到了母亲一生的记录。那里有我们五岁时留下的指纹印、一年级的成绩单，还有在发黄的纸上打印出的父母相互之间发的电子邮件。然而，重头戏还是四十多本日记本。

“这些都是什么？”我拿起了最上头的一本问道。

“你妈妈在睡觉前写的东西。”

“能给我们吗？”妮恩问道。

“当然。”父亲答道，并转身上了楼，将我们和母亲的秘密留在了一起。妮恩打开了一本日记本。

妮恩从学校来电话说要钱。每回都一样：要钱，买机票，给同一个愚昧的女生联谊会捐钱。

“天啊，”妮恩说道，“真没想到，妈妈。”

“是啊，读读这一段。”我给她看了我打开的那本日记中的一段话：

> 他想让我摸他，但是我没有心情。我就想躺着，什么也不做。跟他说躺好了别动……

“呃。”妮恩嘴里发着声音，把日记还到我手里，“等等，她写的是爸爸，对吗？”

我扫了几页，对她做了个鬼脸。“是的。”我合上了本子。

“好吧，量是足够了。”妮恩说道，“但你没跟我开玩笑吧？要把这些都扫描了？一辈子都干不完。”

我们再次点击了狐狸后，德维也是这么说的。是的，我们可以自己干，眨眼照下每一页，然后一个接一个地上传，但这么做简直就是噩梦。再交点钱，“缅怀”的扫描机器人可以帮我们完成这一切。如果我们现在就对着“马上订购”的按钮眨眨眼，一个小时内快递人员就能上门，只需把材料装在盒子里交给司机，剩下的就不用管了。费用方面，只需承诺开通一年的会员，再加上按页计算的扫描费。他还跟我们保证，所有的材料都会上保险。费用不便宜，但父亲需要帮助，我也需要回家。于是，我们眨眼点击了档案升级会员的按钮，联邦快递果然在一个小时内就上门了。

“我来装箱吧。”妮恩说道。

“没事，我来吧。”我告诉她。要将母亲的“财宝”运过半个国家，这其中有一定风险，而妮恩做事还三心二意的。她在翻着眼珠删除短消息，还在次要视野区播放着愚蠢的短视频。她能正确地贴上地址条吗?

“莉亚，我不是笨蛋。我来弄吧。你去照顾爸爸。”

我深吸了一口气。经过这么多年的冷战，我和妮恩才开始试着相处。别再自命不凡了，我告诉自己。我上楼去看父亲是否饿了，并把她留在地下室，让她和盒子待在一起。

“缅怀”在当天晚上收到了我们的盒子。德维给我们发了每小时的进展，显示扫描机器人已扫描的百分比。扫描完之后，他引导我们进行设置，并警告我们：

我们爱的人通常都有些不便打搅的记忆，外遇、成瘾、恶习等等。你们父亲的状态似乎不太稳定?

“是的。”我们跟他说道。

我建议使用父母控制锁。我们的人工智能把你们母亲的历史归类到了不同的文件夹里，你们可以将母亲定制成你们家喜欢的模式。再多交点费用，可以增加最多三个用户，每个用户都能有自己特定的设置。你们都将拥有你们记忆中的母亲。

我们扫了一眼文件夹都有哪些类别：法律、浪漫史、烟草和酒精等等。我想起自己曾经撞到过父母的私密瞬间。好的，我们跟他说每个人都想要自己的账户。妮恩点下了法律的类别，那里有几张停车罚单，还有一张我们两人都不知道的酒驾罚单；我点下了罗曼史的类别，在父亲打钩的名字旁，还有一长串各种各样的名字：罗德里格、谢恩、沙漠狗仔、安东尼奥……

“这都是什么？”

德维还在介绍如何将个人设置风格化，以便配合我们的记忆，但我们已经开始核对那些名字了。

妮恩问道：这些家伙都是什么人？

“你觉得爸爸知道吗？”

“我不知道……但是，要我说……老天……”

德维问道：你们想对父亲的账户使用父母控制锁吗？

“是的！”我们异口同声地回答，德维便设置了一个只有我和妮恩才能解开的密码。

好了，只要将你们父亲的访问权限设置成最接近他本人的记忆，你们就可以使用了！

我们谢过了德维，再次浏览了那些男人的名字，又看了看烟草和酒精文件夹下面众多标着威士忌、葡萄酒和香烟的复选框。“我想我们还是去问问爸爸吧。”我说道。

父亲在楼下的餐桌旁，通常他会在那里度过一天中的大半时光，喝着咖啡，玩着手机上的小游戏。“爸爸？”我们问道，“我们想修好妈妈，但是我们要先问你几个问题。在你们认识之前，妈妈有很多男朋友吗？”

“她在高中有个小男友，上大学时也和一个男生约会过。为什么要问？”

我们点开了浪漫史，把其他人复选框上的钩都去掉了，只给了父亲访问自己那一部分的权限。

“烟酒呢？你们在年轻的时候经常开派对吧？”

“我们时不时会喝上一杯红酒。”

“香烟、迷幻药呢？”

“这都是什么问题？她没碰过，她喜欢红酒。”

我们打开了烟草和酒精文件夹，取消了他的访问权。

我们又问了几个更难堪的问题，终于将他的访问权限定在了他熟知的母亲身上。妮恩把隐形眼镜递给了他。

“我不想戴这玩意了。”

“爸爸，”她说道，“只要再试一次就好。我们保证，如果她跟妈妈不像，你今后都不必再戴了。”

父亲坐在那里看着隐形眼镜。过了一阵子，他终于依次把它们戴上了。我们跟着他一起登录。

“亲爱的。”母亲说道。她站在厨房与客厅之间的走廊里。“你在餐桌旁发什么呆？来吧，我们出去走走。”

“她怎么知道我们有散步这个习惯的？”父亲问道。

“路，你不会傻了吧？这是我们每天的习惯。快点，穿上外套。”

父亲先是看了看我们，然后又看了看母亲。“好吧，那就出去走走吧。”

他们出去了足有一个钟头，而且当他们回来时，父亲仍然戴着隐形眼镜，他的手指插进了她的全息皮肤里，仿佛在牵着她的手一般。那天下午，他们一起在院子里干活。我从厨房的窗户望出去，看到父亲拿着剪子站在后院的篱笆旁，正在和母亲说话。我眨眼关掉了“缅怀”，突然就只剩下他自己站在那里，对着他身边的空气说话，就像个疯子。我这才意识到我们必须跟邻居说一下母亲的全息影像，但自打葬礼以来，我第一次感觉到事情终于不再滑向不可收拾的境地。

在那天的晚餐上，母亲唠叨个不停，回到了她平常的样子。我们吃完后，父亲说他和母亲该去睡觉了，他们上了楼。我和妮恩清理完厨房、开启了洗碗机之后，听到了他们在房间里聊天的声音。

“看来没什么问题。”我说道。

“我猜得等到早晨四点才能确认。”

我叹了口气。“她真的很像妈妈。”

“是啊。”妮恩说道。

“想抱一下吗？”她还没来得及回答，我就抱住了她。

“你必须跟我保证，这办法行不通的话，你会回来。”

妮恩说道。

“当然。”我仍然抱着她。我们站在厨房的灯光下，父母在楼上聊天，我们一家人又团聚了。

Ⅱ

我回到博尔德之后，生活节奏变得很快。我回去上班了，帮客户做网站，每天都跟父亲通话，但他总是急着挂电话。“等一下，你妈妈在叫我。”他总是先这么说。接着，他又说：“我得挂了，过会儿打给你。”但在我下一次主动打给他之前，从来收不到他的来电。

但凡有机会能跟他说上几分钟，他的语气都挺快乐的。他在家忙里忙外，还参加了“缅怀”保龄球俱乐部，每周都和其他鳏居的男人打一次球，带着各自已逝的妻子。此刻，母亲忙着整理网上收到的圣诞贺卡，父亲正打算开始一项大工程，重铺车库的房顶。

“妈妈真的没问题？”我问道。

“没有，没有。”他说道，“我太谢谢你们两个闺女啦。有她陪着真好，而且她还有很多我不知道的地方！”

“哦？”我说道，有些担心，“比如？”

“她很风趣。并不是说她从前就不是，但怎么说呢……她在我身边时表现得更像她自己了。”

“她不是一直都是她自己吗？”

“跟现在的这个不一样。她变了，但是件好事。”他说道，“不管那么多了！就是她了。”他该挂电话了，他们散步的时间到了。

我把这一切都当成了好兆头。妮恩发来信息说她去看望过父亲，他挺好的，再也没有上演他在悲痛中冻僵的剧情。很快事情变得跟母亲死之前一样了，每个人都在忙着各自的生活。我们经历了入冬的第一场暴风雪，孩子们得了流感，妮恩打来电话说她收到了“缅怀”寄回的日记，它们都被安全地放回到大木箱里了。

“你读过吗？”我问道。

“呃，我还是不去了解父母的私生活为好。”

“她文件夹里的其他那些家伙呢？你打开过吗？”我问道。

“你在开玩笑吧，莉亚？你真的想了解妈妈和一个叫沙漠狗仔的家伙之间的恋情吗？”

“不想。”我说道，但那个名单折磨着我。我和妮恩浏览过她的烟草和酒精文件夹，显然年轻时的母亲在墨西哥和牧场工人一起喝过龙舌兰酒，并且还是个上了瘾的吸烟者。我和妮恩问父亲，母亲是不是从没抽过烟，他跟我们说她从没抽过；我们又问母亲是不是喝过波本威士忌，父亲笑了，说母亲只是偶尔会喝上一杯红酒。

我们两个都想要一个我们记忆中的母亲，于是我和妮恩决定不去打开那些文件夹。然而，我无法相信她竟然不去看一眼那些日记本，不过我控制住了自己，什么也没说。我听她说了她的约会，我跟她说了西奥和孩子们。尽管我很想让她把母亲的日记寄给我，却没开口。没必要再冒一次寄丢的风险，等到圣诞节我们一家去拜访父亲时，我再带走它们。

“你访问过妈妈吗？”我问道。

“没有，”妮恩回答道，“我去看望爸爸时一直把她关着。看着他跟空气说话的样子很奇怪，但我就是不想看到她的全息影像，觉得不舒服。”

我懂她的意思。和母亲再次团聚，尽管只有短短的几天，却把我内心的悲伤锁得更深了。我想哭，但我的喉咙却挡住了眼泪。母亲曾经活着，有一天她死了，然后又以全息的样子回来，整个生命也为我们归类成了网上的文件夹。

那天晚上，等到西奥小声打起了呼噜，我躺在床上琢磨着父亲话里的意思。母亲风趣？比以前更好？还有那个标着意大利男人的文件夹是什么意思？到了凌晨两点，我下床套上运动裤和夹克衫，打开了阳台的玻璃门。

熨斗形的山峰在屋子后面高高耸立着，峰顶覆盖着白雪，在月光下反射着银光，星星在天上眨眼。我将眼珠转向右面，眨了眨眼打开“缅怀”，进入母亲的用户文件找到了那些文件夹，并给它们都打上了钩。

确定允许全面访问？

我呼出了一口白气。我没有想要闪避的东西，我只想知道母亲究竟是一个什么样的人。于是我眨眼表示同意，将母亲带进了眼帘，这在我回家之后还是第一次。

“嘿，亲爱的，”她说道，“很晚了，出什么事了？”在夜晚的灯光下，她的全息影像看上去和肌肤一样真实。

“我只是想你了。”

“别想打马虎。到底有什么事？”

“是这样……”我组织着合适的词语，“我就想多了解你一点，比如你在有我们之前是什么样子，你在生活中有哪些从没跟我们讲过的故事什么的。”

“哈！”她笑了，“这可是你第一次想要听这种东西。”她的全息影像穿过阳台椅的靠背坐到椅子上，跷起二郎腿，摆出一副我从未见过的轻松样子，并伸手在衣兜里摸着什么。她掏出一包香烟和一支打火机，晃出一根烟点着，深吸了一口。

“妈妈，你还抽烟？”

“嗯。”她看着远处的大山，又深吸了一口。“好了，”她在白色的全息烟雾中问道，“你想知道什么？”

我后来称之为“母亲之冬”的那一年，也是“缅怀”全面回归的一年。妮恩、父亲和我只是大浪里的一朵小花而已。养老院纷纷举办各种重聚活动，老人和他们已逝的爱人翩翩起舞，新闻机构也来凑热闹，播放寡居老人在舞场里自顾自扭着屁股的视频。城里到处都有人坐在公园的长椅上和死去的朋友聊天。超市里有女人对着购物车温柔地说话。当我从她身边伸手去拿一罐番茄酱时，她害羞地看了看我。“我儿子已经十几岁了，”她解释道，“我怀念他小时候的样子。”

“缅怀”终于变成了它一直想要成为的东西，一种帮助我们渡过难关的方式。母亲回到了我的生活中，与我从前借助全息影像寻求快感不同，我并不觉得怪异，也不觉得自己可悲，这是一种重新认识她的途径。每到傍晚，在西奥回家之前，母亲会和我一起坐在后院的门廊上，跟我分享她从未跟家人分享过的自我。

“你知道我去过意大利吗？”她问道，“那是个大胆的决定。我和舍友搜到了便宜的机票和一间西西里的小旅馆。你外婆不支持我的想法，但我还是去了。那里有座葡萄园，在那家人手里已经传了好几百年了，我们吃了腌橄榄，喝了基安蒂红酒，还有，哦，那个在酒庄里干活的帅小伙，十九岁，跟我一样大。有天晚上，我们在野地里一起喝完了一整瓶红酒。我感觉非常放松，也有些醉意，生活多么美好。他说他爱我，我们在成排的葡萄架下面吻过了一个又一个夏日夜晚。他长着漂亮的棕色鬈发和深邃的黑色眼睛。在离开意大利的前一天晚上，我溜进他在庄园里的房间，我们一直抱着，直到早晨蓝色的光芒照进了他的窗户。哦，莉亚，我不该跟你说这些的，你肯定觉得尴尬了。”

“没事，妈妈。真的，我不尴尬。”我说的是真话。尽管坐在这里的是我的母亲，我依然知道我瞥见的是另外一个人，一个充满激情和希望的人，一个和我、妮恩或是父亲都没什么关系的女人。

“我能跟你说个秘密吗？”母亲问道。我点了点头。“我跟你爸爸一起生活了快四十年了，但我仍然会想起那个小伙子。最后那个早晨，我们一起躺着时，他邀请我去看电影。我跟他说我很想去，但我当天下午就要去机场了。他叫我留下来陪他。莉亚，我当然不会放弃自己选择的生活，我也很满意现在的结果。我爱你的爸爸，但有时我就是控制不住会去想，要是当时趁着爱情的热乎劲，在我的感情和生命全力绽放的那一刻，我决定留下了，那生活又会变成什么样呢？”

“你比我了解的要有诗意多了。”我说道。

“哈！你是想找我借钱吗？”她又深吸了一口香烟，“好吧，说实话，我一直想当个诗人呢。”

“真的？”

“是啊，我过去总感觉自己能写出本好书来，说不定仍然可以。”

“好啊，妈妈，你应该写。”

太阳就快下山了，金色的光芒笼罩着熨斗山。“这里真美。”母亲说道，“你搬到科罗拉多州后过得不错，你有工作、西奥还有孩子。但你跟我说实话，你幸福吗？”

“幸福啊。”我飞快地回答道。

“亲爱的，”妈妈说道，她将身子前倾，香烟就悬在膝盖上方，“我说的是真正的幸福。你是在和西奥一起创造记忆吗？”

“我觉得是。”虽然这么说，但实际上我并不确定。我爱孩子们，也爱西奥。我们有不错的工作，有漂亮的房子，我们很快乐，但生活却总是千篇一律。我们计划旅行，也真的成行了，但即便在假期里，身边也充斥着待办事项清单、打包和开箱，孩子们发着脾气，然后我们回家，回到老一套：准备午餐盒，刷盘子、盘子和各种盘子。在琐事之中也有温馨的时刻，比如有时等孩子们睡了之后，我和西奥会躺在床上，在黑暗中看着对方，仿佛刚认识似的；当然也有激情的时刻，但它们显得又少又遥远。我跟母亲尽可能地诉说了这一切，跟她分享了我的内心，在那一刻之前我甚至都没有跟自己分享过。

“听我说，莉亚，”母亲说道，“你必须敢于冒险。生命太宝贵了，容不得半点浪费。”

“我在努力。”我突然感觉到悲痛在我体内决堤了。我喉咙里发出了一声啜泣，紧接着又是一声。

“噢，莉亚，”母亲伸出双手，“到这里来。”尽管除了椅背之外我什么也抱不到，我还是伸出手做了个拥抱的姿势，她也抱住了我。“痛快地哭一场吧。”

我照她的话做了。我为她悲痛，也为我自己悲痛。在冬日余晖下的阳台上，我不停地哭，脸上沾满了鼻涕和眼泪。我用袖子擦了擦眼睛。

“妈妈？”

“哎，亲爱的。”她答应着，她的全息影像在傍晚的余晖中看着我。

“我真高兴你回来了。”

那个冬季，我又体会到了活着的意义。母亲以她的死让我明白了，我们每个人都藏着一个从不会与他人分享的内心世界。我、西奥、妮恩和父亲，我们都有秘密，都担心别人无法承受真正的我们。但和母亲在一起，不会有隐藏，也不会有担忧。她的死释放了我们之间的某种真实，在这种真实里，母亲跟我说了更多她自己的事。在认识父亲之前很久，她曾在墨西哥峡谷里骑马，在沙漠里的群星之下听着仙人掌被烈日灼烧的声音，以及土狼瘆人的嗥叫。她在那里认识了一个男人，一个年轻的牧场工，在一场暴风雨引发的洪水之中将她救了出来，当时洪水正在扫荡马德雷山脉。这一切听上去既野性又美丽。我母亲体内有一种原始的激情，和我认识的那个中西部家庭主妇有着天壤之别。

一天，我们在买完东西后开车回家，正朝着山驶向阿拉帕霍。母亲坐在我旁边的空座上，看着厚厚的雪花掉落在挡风玻璃上，将街道铺成了白色。这似乎是一场暴风雪的前奏，那种雪会悄悄地在晚上堆起来，等到早上就能把博尔德变成仿佛圆顶雪屋的城市。我用眼角余光注视着她，意识到自己在她活着时从没真正认识过她。母亲的生命充满了浪漫和激情，这显然是她本质中密不可分的一部分。我问她，为什么我在这个世上认识这么多人，却好像从未认识过她？为什么她不跟我们说实话？她想过要跟我们分享吗？

“你们都在忙着自己的生活，”她说道，“你们没有时间听我的浪漫冒险故事！然后你就进了大学，上了研究生，接着你又和西奥还有孩子们过起了日子。”

“但是你为什么不主动说呢？”我问道。

“亲爱的，”她在车里点起了一根烟，“你一直就对我的生活没兴趣。”听完后，我才第一次意识到自己真的是她口中的样子。

Ⅲ

那年圣诞节我们回家看望了父亲。我们跟孩子们解释了母亲的全息影像，说母亲就跟他们玩的全息游戏和搭的看不见的乐高城堡一样，不是真的。我们加了点钱，在账户里增添了两个新的用户，对他们屏蔽了所有和性、烟酒有关的文件夹，并且让男孩们每天登录，与外婆待上一两个小时，为即将成行的拜访做好准备。

孩子们爱上了她，甚至连西奥都承认了“缅怀”比他想象中的要好。孩子们又有了外婆，她和他们一起在客厅里玩的时候，我们也有了独处的时间。在去俄亥俄州的飞机上，我们幸运地找到了一排有个空座的座位，我们开启了母亲，让她陪孩子，我们能趁机打个盹。

自从母亲回来之后，我和妮恩也变得更亲近了。她从机场接了我们，在回家途中和我聊天，十年以来我第一次觉得我们再次成了姐妹。她的新男友回到了康涅狄格的老家过节，因此晚上她不会陪我们了，而是要去与他全息私会。

房子看上去挺整洁。母亲没法打扫，但她会叫父亲去做。我们再也看不到父亲悲伤期间满地的脏盘子和脏衣服了，他还付了额外的费用订购了圣诞节饰品，好让母亲用来装饰。尽管在还没戴隐形眼镜时，客厅看着和平常一样，但当我们登录后，屋里就出现了一棵闪亮的圣诞树，上面挂满了灯和各种饰品，窗户上也贴着造型复杂的雪花片。

“她一直在命令我干这干那的，不过真的挺好玩的！”父亲把为圣诞晚餐准备的火鸡放进烤箱。

圣诞节的早上，我们唱着颂歌，一起打开礼物。我父母为孩子们买了个名叫“连弩和弹弓”的全息游戏，西奥玩得不亦乐乎，和孩子们在客厅里建造了其他人看不见的巨大城堡，还互相发射火球。父亲有母亲陪着，妮恩也有男友跟她全息聊天，孩子们有自己的游戏，我则沉浸于这几个月以来一直想看的几本视频书。无论从哪个方面来说，这都是我们这么多年来度过的第一个毫无压力的节日。

回到父亲版本的母亲，我才意识到她在他身边时有多么不同。刚开始，我把这种不同错认为一种紧张，仿佛她不能放松，但接着我意识到了这是她的姿态造成的。和父亲在一起，她坐着时两腿并拢，膝盖朝前，样子矜持，身体僵硬；但是在博尔德，她跷着二郎腿，抽着烟，完全是一副老电影海报里的样子。父亲那个有限版本的母亲让人觉得怪异，我怀念我知晓的母亲，那个曾经在罗马喝醉，踏着舞步走上西班牙台阶的女人。到了晚上，等到每个人都忙着看自己的隐形眼镜时，我会和我自己版本的母亲在结霜的街道上散步。我们走完整个街区，母亲抽着饭后烟，我听她讲更多她的故事。在回到家之前，我会注销她，然后进屋去见另一个母亲，她坐在客厅里看着电视，提议我们一起做曲奇饼。

我们留在这里迎接新年，煮了龙虾，一起庆祝。当天晚上，每个人都留在客厅里，在各自私人全息的陪伴下，等着帝国大厦的新年倒计时球落下。西奥和孩子们玩着“连弩”游戏，妮恩在她以前的卧室全息影像里和男友的投影说话，父亲坐在沙发上，身边坐着的是母亲。他们笑着，以他们的方式握住了手，他的手伸入了她的投影里，她的手指伸入了他的皮肤。

“我想到地下室看看妈妈的日记。”我跟西奥说道。

“好的。”他心不在焉地说道。他放出了一颗看不见的火球，孩子们欢呼了起来。

我打开大木箱之后，映入眼帘的是妮恩的那股乱劲，仿佛在嘲笑我。母亲的日记散落在箱子里，显然是被倒进去的，打印出的电子邮件都被它们的重量压皱了。我叹了口气。我和妮恩是变得亲近了一些，但她依然是个长不大的孩子，和她这代所有人一样。我捡起几封邮件用手捋平，挨着箱子的侧板放整齐，接着拿起一本日记打了开来。

> 情绪真糟。孩子们太让人烦了。妮恩发脾气，想要买她在电视上看到过的麦片。莉亚在超市里表现出盛气凌人的样子。“不行，把它放回去。”她说道。仿佛她才是母亲。最后我冲她们两个都吼了。感觉真糟。

我又翻到了另一段，描写了她和父亲看过的一场电影：

> 好看。不是我最喜欢的，但路喜欢看。感觉他喜欢那个年轻的女侦探。

一路翻下来，里面没有诗句，也没有青年时期炽热的浪漫，只是一页接着一页的她与父亲关于重新装修厨房的讨论。我把日记放到地上，拿起了另一本，读到了母亲喜欢一种新干花的香味。我把这本放下，又拿起一本，接着又是新的一本。里面没有意大利爱人，没有逃走的马匹，没有午夜的亲吻。最露骨的部分就只有“我和路今晚做了”这句话，剩下的就是典型的母亲形象，就是母亲才会说的话，一个善良的女人，因为每天要抚养我们而操劳过度，乃至精疲力竭。

我在箱子里刨着，拿起了一本看上去更旧些的日记，发现下面出现了一张女人的封面，女人穿着透明睡袍站在桌子旁，桌子上还有两个空的红酒杯。我放下日记，转而拿起了那本书。《基安蒂之梦》，这是书的名字。在红酒杯的后面，落日映衬出一个敞着怀的鬈发意大利男人的完美剪影。我把书翻了过来：

> 本该是一次平常的大学暑期之旅，但遇到安东尼奥之后，苏西特的生活再也回不到从前了。带着对爱情和冒险的渴望，苏西特找到了渴求的爱，但这场恋情很快就发展成了禁忌之恋。

“什么？”我大声说了一句。我翻着书，找到名叫苏西特的女人，在早晨蓝色的光线下，和一个意大利男人一起躺在床上，诱惑地交叉着两条腿，还抽着烟。我在箱子里刨了刨，又找到了一本厚厚的有着花哨封面的书，是那种能在购物中心的书报廊里买到的东西，书名叫《国境之南》。闪电点亮了一个裸着上身的牧场工，他抱着一个黑头发的女人，雨水正顺着他的胸肌淌下。

上面的门打开了。

“亲爱的，你要上来吗？快半夜了。”

我听到孩子们在楼上尖叫，妮恩在厨房里问香槟放在哪里了。我把书放在了日记的上面，闭上了眼睛，想象着远方仓库里的扫描机器人把妮恩匆忙打包的所有东西都转成全息的记忆。

楼上，妮恩已在茶几上摆好了一些红酒杯和一瓶香槟，并且正在和全息男友说话。“我一定要跟你喝一杯！我们要开香槟了！”她这话不是跟屋子里的人说的。

“嘿，亲爱的。”西奥亲了我一口。“我妹妹在奥克兰上线了。”他朝身边的空气示意，“想要跟她眨眨眼，打个招呼吗？”

但是我不想再看到更多的全息影像了。“你替我问好吧。”我告诉他。

我们的孩子在角落里玩着全息游戏，他们的目光定格在放了火球的地方，父亲面对母亲坐着的地方，眼眶因为欣喜而潮湿了。但母亲消失了，我从地下室上来时把她关了，我的父亲只是在面对空气，准备亲吻的也是空气。在我们的眼角，一个年轻版的迪克·克拉克正在时代广场开始倒数。全国各地有上百万个派对收看着直播，在纽约的大球掉下的同时唱着《友谊地久天长》的第一小节。西奥因为妹妹说了些什么而在大笑，妮恩打开香槟并亲吻了空气，我们站在那里，在旧的一年最后的几秒里，一起倒数着。

INFINITE REALITIES

无限现实

当我们终于找到平行时间线的老鼠时，它正在一个和我们这个宇宙异常相像的宇宙里睡觉，躺在一个平行的笼子里，笼子就在一个平行的实验室里，平行的唐尼和平行的我在那里做着平行的实验。我在监视器上隔离了它，并把它的时间线拖到了我们这条时间线上面。我和唐尼又看了看这里的老鼠，它正在饮水器前舔水喝。

“好了，开始吧。”唐尼说道。我按下了回车键。

我们等着，担心地球是否会就此停转，物质是否会就此分裂，平行的时间线是否会就此扩散到这里的整个宇宙，但这些都没发生。平行时间线的老鼠只是在笼子里醒了过来，嗅着它的新宇宙。它朝当前时间线的自我走了过去，两只老鼠的鼻子碰在了一起。它们知道自己是同一只老鼠，只是分属于不同的时间线吗？它们的行为会不会有什么不同？这会给先天与后天之争提供决定性数据吗？谁知道呢？我们还是先喝杯香槟吧。

唐尼最早在大学里就问过我是否能给维度跃迁编程序。当时我想象了一个画面，里面有无数条时间线结成了蜘蛛网，程序的界面就如同 Adobe Photoshop 一样友好。可以，我告诉他，我可以编，但他才是科学家，得由他来搞定难搞的量子玩意，像是破解弦理论找到平行世界之类的，没想到八年之后真被他搞出来了。

我们庆祝了一整个星期。唐尼花钱买了昂贵的朗姆酒，我则抽起了高级印度草。我们重复着实验，记录着跃迁了维度的老鼠，还做梦拿了诺贝尔奖。我们都跟抽多了似的。唐尼又开始求解波粒方程式，我在不断更新程序。我做到了能隔离任何有生物指针的东西：仅凭唐尼猎犬身上的一撮毛，就能搜索到它在多元宇宙中无限个平行的版本。事情本来进展顺利，然而，正当我们突破现实世界的结构时，伊琳却为了一个在愚蠢的教师大会上认识的女人而出轨了，我现在满脑子想的都只是这件事。下班后，我看着猫咪骑滑板的视频，以此来麻痹自己。

我们是三年前在学校的电影俱乐部里认识的。我第一眼看到伊琳时，感觉就像是两只不同时间线的老鼠终于在同一个笼子里相遇了。我邀请她去我住的地方抽两口，然后一直缠绵到了清早。到了冬天后，我们每天都泡在一起，等到学年结束的时候，她邀请我搬去和她同居。日子过得紧紧巴巴，但我们撑过来了，一边抽烟一边看愚昧的恐怖短视频，一直到夜晚。我的设备没地方放，于是我在实验室编程序，写着各种时空相关的代码，伊琳则在家里研究教育改革。后来，她要开始写论文了，便不再跟我一起抽了。下班后，我会爬到床上，打算跟她说我们最新的进展，但她只会拿起我的手闻一闻，跟我说不能用我的烟油手碰她。更糟糕的是，在过了六个月的无性生活后，她随便找了个人就出轨了。没错，在应当为老鼠的成功而庆祝时，我却异常沮丧。

当我完成第二百次测试，从实验室回到家时，伊琳正躺在床上看书。我到厨房找吃的，但晚餐已经被清理干净了。“有剩的吗？”

“没做两个人的，”她抬起头说道，“你不会穿着靴子就进了厨房吧？”

“对不起。”我脱下了靴子，把它们放到鞋架上，随后撕下了几张厨房纸巾，擦去了脏乎乎的鞋印。我用微波炉加热了一份墨西哥玉米饼，没想到又开启了一场新的吵架。为什么总是吃垃圾食品？不过性生活又有什么问题？或许找到一份工作才称得上性感。嗯，我有真正的工作，我正在取得该死的科学突破。一周两百块玩老鼠才不是什么科学突破。好吧，她又没问过我维度跃迁或者远距离鬼魅效应方面的问题，她怎么能理解我们的发现有多酷？我真的在这个时候还在卷烟草？不行吗，该死！然后她甩上了卧室的门，剩下我一个人在厨房的窗户旁。我敲了敲卧室门，问她是否也想来一口，她却让我去找一间新公寓。

是的，我受伤了，心都碎了。我想回到我们以前的时间线：在那个现实里，我们会在沙发上嬉闹，每晚都会亲热，肚子饿了就穿上大衣跑到壳牌加油站的便利店买芝士泡芙。呃……不行，它不符合道德，也不是个好计划，甚至称不上是个计划。我只是抽兴奋了，而且刚好还有伊琳的头发。说真的，我并不想搅乱每个人的生活。我只是想知道，多元宇宙里的某处是否有个还爱着我的伊琳。

我可能会犯下上千万个错误：可能破坏了时空连续性；地球可能会变成一个黑洞；程序可能会出小问题，另一个伊琳可能会卡在平行世界之间的虚空里，陪伴在身边的只有永恒的粒子碎片和饥饿的鬼魂。但我真正希望的是，在我拖着她的时间线到我这里时，粒子可以本能地知道给其他粒子留出空间，一场平行的演唱会也在安娜堡的盲猪俱乐部上演，伊琳可以在那里继续跳舞，察觉不到有任何的不妥。于是，我闭上眼睛，按下了回车。

等我到了俱乐部，伊琳就站在舞台边。她的头发长了，肩膀也没有因为打字过多而塌陷。当她转身看到我穿过人群时，我心里又产生了在电影俱乐部第一眼看到她时那种悸动的感觉。

“乐队还真不错，嗬！”我喊了一声。

“是的！”她喊了回来，“你看到第一个乐队了吗？”

“没有！”我喊道，“这地方真吵！”

“想出去抽一口吗？”

“当然！”

我们去了走廊里，站在其他吸烟者身边。我们已经很多年没有这样站在一起抽烟了。伊琳告诉我，她在一个电子乡村乐队弹吉他，还靠帮人设计网站来赚取生活费。我跟她说了自己和唐尼正在做的老鼠实验，她没有笑话我，反而赞叹道：“真的吗？太神奇了！”并用充满崇拜的目光看着我，看得我的脸都红了。我转而盯着她脖子上的火鸟文身，而我的时间线里那个伊琳讨厌文身。印度草很快抽完了，她伸手在衣兜里掏了一阵。

“应该多带点来的，”她说道，“你要是愿意，我们可以去我那里接着抽。我住在切尔西，我有车，可以带你去。”

不，你没有车，我看着街对面的车库，心里想着。

“我倒是想去，但我得做完手头的实验。”我说道，“明天怎么样？想去植物园走走吗？”

“我四点之后有空。”

“在大门碰面？”

“说定了。”她探出身子迅速亲了我一口，她的嘴压在了我的嘴上，那种突然的柔软是我一整年以来有过的最棒的感觉。我站在那里，看着她转身，心里想象着其他时间线：在某条时间线里，我们仍然在走廊里缠绵；另一条时间线里，她正跟着电子乡村乐队巡回演出；然而，还有一条时间线里，她很快就会离开俱乐部，并报警说车子不见了。坏了。我飞快回到了实验室，选中了平行伊琳，将她送回了自己的现实。我拿出了平板，写下了记忆里的全部：她的嗓音，她的唇碰到我的唇时的那种温暖，再次被需要是一种什么样的感觉。写完后，我关上灯，回到了公寓。伊琳已经睡着了，她在厨房的餐桌上留了张字条，叫我在沙发上将就一晚。

我没料到我会这么快又陷入爱河。第二天还在上班时，我告诉唐尼今天我要早点回家。在离开之前，我隔离了平行伊琳，把她的时间线拖到了我这里，按下了回车。六个小时后，我们停在了空无一人的实验室停车场，在我的车里缠绵，雪花漫天飞舞，落在雾气朦胧的车窗上。我让她进了实验室，给她看了老鼠，最后又选中了她的时间线，拖着它回到了她原本的现实。我们最后吻了一次，整个宇宙都因此变得生机勃勃。我按下了回车，然后就只剩下了我，孤独地待在实验室里，陪着我的只有计算机闪烁的小灯，以及两只紧紧依偎在一起睡觉的老鼠。

于是，我做了必须要在这个现实做的事。我打给了唐尼。

“你疯了吗？成了个反社会人物吗？”唐尼一进实验室就问道。他仍然穿着睡裤，头发乱糟糟的，上身穿着件印着爱因斯坦照片的圆领衫。“你把另一个人带到我们这个现实了？”

“两次。”我说道。

“你究竟有没有意识到这么做有多危险？”

“有点吧。”

“有点？”唐尼说道，“有点？你可能会把多元世界搞崩塌了。”

“确实有可能。”我说道，“但别急，你再想想。它成功了！”我一直提醒着唐尼，首次人类测试已经成功了，他终于放松了，不再恐慌。我从文件柜里拿出一瓶朗姆酒，给我们倒了两大杯，并跟唐尼说了我和伊琳一起在植物园散步时的情景，树枝上盖着一层薄薄的雪，她的外套轻柔地摩擦着我的外套，她的声音活泼而又愉快，和我的伊琳完全不同，我的伊琳对待我就像我是个倒了她胃口的人。

“你能拣重点说吗？比如说到底有没有在时空里造成一个无法逆转的裂口？”

“我只是想强调她在这个现实里是真的，跟我的伊琳一样，不过是一个更好的版本。她能很自然地从我手里接过我们正一起抽的印度草，仿佛我们在一起已经很多年了。说真的，我们应该庆祝才对。”

“我可要等到确定你没给我把多元宇宙搞乱了才会庆祝。”话虽这么说，唐尼还是喝了一大口朗姆酒，并在我对面的桌子旁坐了下来。

“感觉真奇妙。”我告诉唐尼，“我们站在休伦河边，天上飘着雪花，她的身体紧紧贴着我，阳光给冬日洒上了银光，她跟我说我很棒。我们接吻了，就像是第一次，晶莹的雪花落下，身边的一切都是那么美好。”

“哇，干得真好，伙计。你冒着宇宙崩塌的风险，就是为了能跟你的女朋友亲热。你不会跟她说了她来自另一个现实吧？”

“这个嘛，我给她看了老鼠的视频，并跟她说了她就是老鼠，她吓坏了，还说：‘你量子绑架了我？’我想解释另一个她对我不忠，我们已经一年没有性生活了，但——”

“你在开玩笑吧？”唐尼说着又站了起来，“这意味着在另一个维度里，有人知道了他们可以穿越不同的现实。”

“我觉得这是唯一正确的做法，更何况当时我们又那么亲昵。但当她听到说还有另一个她时，她要求去见她自己。”

“该死！”唐尼说道。

“别担心，她们没见面。我们只是在车里坐了一会儿，窥视着我住的地方。天快要黑了，雪下得也更大了，伊琳只是看着我的伊琳在计算机前工作。她想知道除了写论文之外，她还干过其他什么事，像是弹吉他或是去听演唱会等等。我告诉她没有。‘真是的，我在这个现实里很蹩脚啊。’她说道。她说她不想搞乱了我的伊琳的头脑，她已经被搞糊涂了，不想让另一个伊琳也被我害惨，她只想回到她自己的现实。”

我开车带着她穿过市中心往回返，感觉很糟糕。我从没想过要绑架她，或是把事情搞得这么乱。圣诞节刚过去不久，圣诞灯饰还点亮着安娜堡，一对对情侣手牵手走在大街上，城市里弥漫着浪漫温馨的气氛。伊琳看着车窗外街角处一个戴着狼面具的男人，他在雪中拉着小提琴。

“我还是不明白，”她说道，“如果你想报复她，你可以找一个你现实里的人出轨，为什么要绑架我？”

“因为我没把它当成出轨，”我说道，“或是绑架。在我眼里，我只是要找到一个在弦理论的潜意识里还爱着我的你。说真的，我不想要别人，我只想要你。”

“等等，她还真上钩了？”唐尼问道。

“上什么钩了？我是认真的，我爱她。”我在车里也是这么跟她表白的。我们停在了红灯前，行人纷纷从车前走过，她仔细看了我一番，说道：“跟我解释一下，为什么另一个我在这个现实里没法跟你继续？”

“我不知道。”我说道，“可能我抽太多印度草了？”

“别傻了。跟你坦白说吧，另一个我错过了一个好人，因为你很酷。”她说道。我们又接吻了，我们的双手在对方的身体上游动，直至我们后面的家伙冲着我们按喇叭。灯变绿了。

“好吧，你说了这么多，就是想说你来自另一个维度的女朋友觉得你很酷？”唐尼说道，“你想给诺贝尔委员会打电话，还是我来打？”

“不是，你没关注在点上。伊琳愿意跟我继续。她说在一个另一个她也同时存在的宇宙里跟我亲热是有点怪，但是，如果我去找她的话，她愿意见我。唐尼，我现在来当人类测试员。把我拖进她的时间线，再把我带回来。我会给你报告。你懂的，为了科学。”

“不行。你什么时候开始对这种科学哪怕有一丝兴趣的？”

“我对科学非常感兴趣。看，我还记笔记。”我给他看了我第一次和伊琳见面时的笔记。

“这是什么，情书吗？”

“好吧，我承认你才是实验笔记专家。我真正想说的是：把我当成你的实验室老鼠。”紧接着，知道他体内的科学家基因绝对不会说不，我又加了一句，“你真的不打算做测试吗？”

唐尼喝了一大口朗姆酒，这才抬起头看着我。“我要是不能把你带回来呢？”

“不可能的。你知道我的程序有多棒。实验都成功了，老鼠证明了，伊琳也证明了。这是我们一直以来的梦想：

在不同维度之间旅行。说真的，我们谈的是诺贝尔奖的问题。就让我们试一下，为了科学。”

“卢克。”唐尼说道，他在我对面坐下，并倾斜着杯子以示警告，“你是个出色的程序员，但有时你也是个蠢蛋。你可能在我们这个宇宙成功了，但谁知道你会给其他维度造成什么损害？所以，如果我们要做这件事，从现在开始你就必须跟我坦白一切。不要再骗我你去了哪里，也不能有秘密。如果那个现实里有任何不对劲的地方，我必须知道。”

“当然，”我跟他碰了杯，“敬无限的可能性。”

过了差不多两小时，我们就开始行动了。唐尼把我拖到了伊琳的湖畔小屋，随后按下了回车。实验室突然就消失了，我站在了伊琳屋子外的清冷之中。她那个现实刚下过雪，一切看着都银光闪闪的，十分美丽，湖面覆盖着一层冰雪，枝条都被雪花压弯了腰。我走向前门，伸手敲了敲，伊琳随之出现了，穿着毛绒拖鞋开了门。

“我还在想你会不会来呢。好吧，欢迎来到我的现实。”

伊琳的湖畔小屋是个一居室的木屋，屋里有个客厅，客厅里有扇玻璃推拉门通往俯视着湖面的门廊。窗户旁的地板上放着一杯冒着热气的茶，旁边是一把吉他。我在门边脱下鞋子，和伊琳盘着腿、面对面地坐在暖烘烘的木地板上。

“我在 Facebook 上找到了另一个你。”她举起了她手机上我的用户照片。照片里有我倔强地在前额翘起的头发、我的下巴、我的眼睛以及我傻乎乎的笑容。唯一的不同在于这家伙比我更健美，外加他身旁站了个头发毛茸茸的女人和两个看上去就像我的孩子。他穿着件背心，上面写着“上帝保佑美国”。

“我看着像是这辈子从来没抽过一根印度草似的。”我说道。

“想让我加你为好友吗？”

“还是别了。”

“快看这一张。”伊琳点出了一张我的老照片，照片上的我在参加一场举重比赛，我的一只粗手放在了另一个肌肉发达的家伙身上，两个人都竖着大拇指。

“感觉也太奇怪了。”

“是不是就像有人没问你的意见，就把你拖到了他们的时间线？”

“对不起。你能原谅我吗？”

“行。”伊琳拿开她的手机，靠近了我，并把她的双手放在了我的大腿上，“应该可以吧。”

唐尼把我带回到了实验室，我给了他跨越时间线的笔记，他还给我做了心电图、采了血样来检测维度跃迁的放射性。我让他将我的下一次访问延长到三个小时，接着又延长到五个小时，很快我就能在伊琳的湖畔小屋差不多待一整天了。我们会上床，她还会在我面前练新歌。湖边没有电视，于是我们做了其他事情，比如远足、做饭，还做了计划，等天气转暖去划橡皮艇。和她在一起，让我看到了在我自己的宇宙里，我是一个多么懒的家伙。我想象着那个我倒在沙发上，脚跷在满是烟蒂和啤酒瓶的茶几上，整晚打着游戏。我为自己成了那样的一个人而感到羞愧。

一天晚上，我回到我们的小公寓时，伊琳正在卧室里面对着她的电脑。我清理了厨房，在客厅里做了俯卧撑，我们没有为没过性生活而争吵。我做了晚餐，给了她一个惊喜，伊琳很高兴能有时间写作。她把两只绿松石色的泪滴状耳环落在了厨房的餐桌上，它们是我在城里的藏族风情商店找到的小礼物，那时我们刚开始约会。看到它们，我突然间想象起了一条伊琳已离开了我生活的时间线，她在离开时拿走了一切，包括她的耳环。

“嘿。”我站在卧室的门口说道。伊琳从电脑前扭过头，一脸的不耐烦，我深深地吸了口气。“我知道自己一直在抽印度草、打游戏，可能不是个一起生活的好对象。”

“听见了。”她说道。

“而且，我知道你或许因此而感觉很孤独。对不起，我是个懒蛋，算不上是个男朋友。我本来希望印度草能帮忙，因为我们过去总是会笑着一起抽，一起享受，但我错了。现在，我只想让你知道，我想和你一起做其他事情，一起散步、一起做饭，或者……好吧……一切你想做的事情。我只是想跟你在一起。”

伊琳深吸了一口气，抬起头看着我。她起身穿过房间给了我一个拥抱。我感觉到她温暖的身体紧贴着我，尽管我在当天下午的湖边已经抱过她了，但这个伊琳感觉却完全不同。

“我很高兴听到你这么说，”她在我耳边说道，“但是，我需要时间来相信你，需要看到你真的在改变。”

“好的，”我说道，“需要多长时间都行。”

我们没有接吻，只是站在卧室的灯光下，我感觉到我们温暖的身体再次依偎在了一起。当她放开我时，我没有去抽印度草或是打开游戏机，而是决定在客厅里再做一阵俯卧撑，好让自己能变成另一个伊琳现实里那个我的样子。

事情在往好的方面发展。白天，我会去湖畔小屋拜访伊琳，到了晚上再跟另外一个伊琳共度时光。我们会一起在家做晚餐，跟过去一样开着玩笑，尽管我们还没有接吻，但我们拥抱得更多了。与此同时，在另一个现实，我和伊琳裸着身体在床上消磨时光。我们会像新情侣一样一起躺着，谈论着将来用唐尼的发现开一个旅行社，把我们传送至多元宇宙里的巴黎或摩洛哥。然而，不可否认的是，生活也变得复杂了。现在，我们在家吵架的内容变成了伊琳给我发一条浪漫的信息，我却过了好几个小时都不回复。于是，我让唐尼帮忙回短信。

“我的工作又不是发肉麻短信，”他说道，“你知道我的工作是什么吗？量子物理研究。你有空也该来试试。”

“求你了，我会先写好你能用的句子。你只要回复她，让她以为我在这里就行。”

或许，一切本该能顺利进行下去的，我们四个人在多元维度内均能运作良好——唐尼替我回短信，我和伊琳在湖畔小屋内快活度日，与此同时另一对的我们在弥合我们的过去——要是世界没开始变得奇怪就好了。比如，伊琳在写论文时哼起了电子乡村乐的旋律，而且哼的就是另一个伊琳在当天早些时候为我弹奏过的曲子。又比如她开始谈论要去文身，在小臂上文个火鸟。然后，在一个晚上，她叫醒了我。我仍然睡在沙发上，月光照进了客厅的窗户，在半梦半醒中有那么一瞬间，我觉得自己看到了外面有冰封的湖面，想不起自己到底是在湖畔小屋，还是在我们的公寓。

“卢克？”伊琳在门口说道。我眨着眼，看到了房间的角落里有她的吉他。

“怎么了？”我揉着眼睛说道。

“你能到床上来抱着我吗？”

我从沙发上起身。这里并没有玻璃推拉门，外面没有湖，角落里也没有吉他，只有我们这间小小公寓沾着雪花的窗户，还有我终于获准进入的卧室。我爬进了毛毯，在她身边躺下，伊琳抱住了我。

“我做了个噩梦，”她说道，“我们在一个奇怪的湖畔小屋里抽印度草，我们非常快乐，非常相爱，但是你对我不忠。我在吉他上为你弹奏了一首悲伤的曲子，唱的是月亮以及我的心，然后你从床上起身吻我，然后……”她开始哭泣。“然后我意识到了我有多么想念你。”她抚摸着我的脸说道。

“你梦到了一座湖畔小屋？”

“卢克，”伊琳擦掉了眼泪，“很抱歉我对你不忠了。那时候我很伤心，觉得你不理我，而你似乎又不在意，你只是一直抽着印度草，我以为你变成了别人……我不喜欢新的你……”

“我明白。”我说道，“但你梦里的湖畔小屋是什么样子的？”

“别管了，只是个小破屋子，不重要。重要的是我在梦里想念你，感觉到了我们之间的爱，我还想要这种感觉。”

“我也想要。”我说道。我们亲吻着，感觉像是一年多以来的第一次。

“卢克，”她挣脱了我的怀抱，看着我说道，“怎么啦？你怎么像在别的地方？”

“我就在这里。”我说道。

“就是这种空落落的感觉，太糟糕了，就像今天早上在课堂上，我突然对你来气了，就像发现你对我不忠了。告诉我真相：你在和别人约会吗？”

“只有你。”我说道。

我们又开始接吻，我们温暖的身体紧紧相依，如同在电影俱乐部认识后的第一次，她的手伸入了我的衬衣底下，我们相互脱去了对方的衣服。“我还没跟你说，”伊琳耳语道，“有时你在上班时，我能感觉到你在抚摸我。你的嘴唇印在了我的后脖子上，你的手抱住了我。”她捧起我的脸又吻了起来。“我太想念你了。我为发生的一切跟你说对不起，我想让我们回到从前。”我们的身体紧贴在一起，就如同在湖畔小屋里一样，我们两个人感觉异常熟悉，和我们的过去完全不同。

我知道我应该把伊琳的梦告诉唐尼，他需要知道这种事情。但是第二天一早，我和伊琳一起在床上醒来，又做了一次爱，当她问我是否能翘班时，我打给了唐尼说会晚到一会儿。

等我到实验室时，唐尼很不高兴。“伙计，我不知道你在干什么。你刚抱怨完在平行维度内的时间不够，现在你又迟到了？我需要你在这儿，我们在老鼠实验上的进度已大大落后了。”他说的是真的，从现实的角度来讲，我已经有好几个星期没在实验室里干过活了。下一阶段的进展正在放缓。但要真回到实验上，湖畔小屋的伊琳肯定不会满意的。

“难道我们不用更多的数据了？”我问道。

“我有足够多的数据了。说真的，你应该停止跟你的第二个女朋友瞎搞了，回到工作上。”

“噢，伙计，”我说道，“真要停了才叫瞎搞呢。”我坐在那里，想象着如果能有那么一个现实，两个伊琳相互爱上了对方，我们三人都互相深爱。我问了唐尼的想法。“这主意很棒吧，不是吗？尽管听上去有些太自恋了，然而，如果你对自己毫无兴趣，这会不会意味着你的自信心很低啊？你认为呢？你会和你自己亲热吗？”

“卢克，你到底是怎么了？我需要你在实验室里待着写程序。我们手头出现了严重的状况。你读过我给你的笔记吗？跟波动的暂时性和时间线崩塌有关的？”

“呃……”

“好吧，我们要把你的时间缩短到三小时。”

当然，唐尼是对的，但我想得最多的还是看不到另一个伊琳会让我有多么难过。而且，我知道自己必须要告诉她，我和这个现实的伊琳睡觉了。但是，我刚一出现在湖畔小屋，伊琳就跳到了我身上，我们脱掉彼此的衣衫，直接开始亲热。我完全忘了自己要跟她说什么。

现在已是深冬时节，阳光到了最微弱的时候，我们躺在她的床上，看着太阳消失在湖对岸的松林后，墙上开始有烛影摇动。她的手放在了我胸膛上，她的抚摸让我想起了我们在另一个现实里的早晨从床上一起醒来的样子，那时的我们会在毛毯下相互摸索，感觉我们是天底下最幸运的人。

“我最近一直都感觉怪怪的。”伊琳跟我说，摇曳的烛光照亮了她的脸庞，“就像是我在过着两种截然不同的生活，永远不可能融合。我不能给你发消息，不能给你打电话，只能等着你出现。你的实验室伙伴叫你回去时，你又不得不走。与此同时，真正的你——在这个现实中的你——只是个已婚的肌肉男。这到底是什么意思？难道他才是真正的你？”

“不是。躺在这里的才是真正的我。”

“这个安排也太浑蛋了。我不希望你跟另一个我生活在一起，一起睡觉、一起吃饭。我希望你在这里，跟我在一起，在我的现实里。你说过你更喜欢这里的我，对吗？你就不能跟另一个我分手，搬到我的时间线里来吗？”

“这个嘛……我在那个现实里还有家人和工作。”

“你还可以拜访他们啊。在这儿找个新工作。”

我躺在床上，琢磨着这是否可行。我能做到只在节日期间回去拜访父母，再和老朋友们见个面吗？另外一个伊琳怎么办？那个我拥有她照片和记忆的伊琳，那个又开始给我发快乐短信的伊琳，那个我又重新爱上的伊琳？

一个小小的珠宝挂架立在梳妆台上，上面挂着一对我在藏族风情商店给伊琳买的绿松石色耳环。

“你从哪里弄来的？”我问道。我起床看着它们。它们的银色表面上同样有暗淡的斑点，跟我买给伊琳的那对连瑕疵都长得一样。

“不是你给我的吗……不对，让我看看。”伊琳说道。我把耳环递给了她。“我记不起它们是怎么来的了，不过这耳环可真好看。”

回到实验室后，我没有跟唐尼提起耳环的事，但那天晚上我到处找都没能找到它们。“别再找了，过来吻我。”伊琳抱着我说道。尽管我还想再去翻翻洗手间的柜子，她却拖着我上了床，我们又做了一次爱。

第二天早上，伊琳问她最喜欢的咖啡杯去哪儿了。它是我们在一年之前买的，当时我们正驾车横穿美国去看她的父母。“我们在蒙大拿买的那个，上面有个大红心的。”她在碗柜里翻找着。

直到那天下午在湖畔小屋要喝水时，我才找到了它。

它就在伊琳的碗柜里。"你记得这个杯子吗？"我问道。

"记不得了。可能是我办派对的时候有人落在这儿的。"

我没说什么，但等到下一次再来看她时，我的游戏机出现在了她的客厅。"你带它来干吗？"她问道，"我连电视都没有。"

我其实知道，我必须告诉唐尼发生了什么，但我还知道，一旦我这么做了，他会彻底阻止我再回到伊琳的现实里。我觉得自己可以应付，再记录一两个礼拜的进展，找出抹去每个人所受影响的方法，或许能给所有人找一个快乐的结局。但记录我自己的时间线已变得越来越困难了。在其中一个现实里，我和伊琳躺在床上，看着我们的小窗户外积雪覆盖的街道，想起了我们约定好了要去玩皮划艇，随后意识到这根本不是这个现实的事。在下一个现实里，我和伊琳躺在湖畔小屋里，她的房间沐浴在蓝色的烛光下，她跟我说了她对教育改革如何感兴趣，并直接引用了我的另一个伊琳在还未完成的论文里写下的大段说法。在一个午后，我们一起站在布满雪屑的门口，看着阳光在湖对岸渐渐消失，她记起了我们在电影俱乐部相遇的那个晚上一起看过的电影，一段完全不属于她的记忆。

有两只鹅在远处的湖面上高声叫唤，这是第一对越完冬回来的候鸟。它们浮在已融化的岸边，傍晚的天色渐渐变黑。在另一个时间线的某处，鹅也在回归同一个湖面。它们是同样的鹅吗？它们的想法一样吗？湖畔小屋是我的未来吗？就在这时，我们听到了另一个伊琳在砸门。

“快给我开门！”

“谁啊？”伊琳说着话，转身打开了推拉玻璃门。

“卢克！伊琳！我知道你们在里面。”

“哦，天啊，听上去像是我在说话。”伊琳说道。

然后我就回到了实验室，看着唐尼。“搞什么鬼，伙计？”

“对不起，”唐尼说道，“她想来给你个惊喜，结果看到了我桌子上的肉麻短信草稿。我只好告诉她真相。她差不多是逼着我把她送到了那里。”

“什么？快把我送回去！”

“听着，”唐尼说道，“这整件事都做得不对。对科学、对你，或是对伊琳、对我都没好处——”

“只要把我送回去几分钟，让我对她们解释。”

“你想什么呢？你对你两个版本的女朋友都劈腿了。她们现在都不会跟你说话。你要给她们空间。回家，抽一根，睡一觉，明天再来。”

我能有什么选择？我要是敢按下回车，下一秒唐尼就会把我带回到实验室。因此，我走回了我们的小公寓，发现公寓里还有伊琳去给我惊喜之前留下的痕迹。在那张床上，我们昨晚曾梦想着夏天能去巴塞罗那旅行。她吃完午饭后的脏盘子还留在桌子上，电脑旁边还放着她的论文草稿——这些都是最后的一瞥，定格了我们一直在努力重建的现实，是我毁了它。我的游戏机不见了，消失在了平行维度里，只剩下衣橱里的一些印度草，以及我在回家路上买的半打啤酒。于是，我打开了一瓶，并卷好了印度草，在这个曾经是我们的现实里，最后一次独自一人飘然欲仙。

第二天一早，门就被推开了。我眨着眼醒来，看到她们两个站在晨光下，如同两姐妹，禁不住感到了悲痛。湖畔小屋伊琳打量着我们乱糟糟的客厅，空瓶子、卷烟纸，还有满是烟灰的茶几，随后目光又落回到红着眼，还在宿醉中的我，第一次看到了我的伊琳已看了一整年的我的样子。

“快起床。”我的伊琳关上了身后的门。我起床穿好了衣服。

当我终于面对着两位伊琳在厨房的餐桌旁坐下时，整个世界都显得那么不真实。“真不敢相信你骗了我，骗了我们两个。”湖畔小屋伊琳说道，并看了看另一个她，“昨晚，我终于认识了我自己，说实话我还挺喜欢我自己的。我是个好人，卢克，你却让我给另一个自己背后插了一刀。”她伸手握住了伊琳的手。“对不起。”

“不是你的错，都是他干的。他真的太自私了，没救了。”伊琳说道。随后她看着我。“我本来对你们两个都很生气，但跟我自己独处了一段时间后，我意识到我气的其实是我怎么又选了你。”

“但是我爱你。这难道不是一种更好的爱情宣言吗？我爱上了所有不同版本的你？”

“卢克，我们来这里的唯一原因，”我的伊琳说道，“就是为了跟你说，我们之间结束了。”

“我们能谈谈吗？现实有无限多个，没必要就这么结束了。你想过没有，会有那么一个现实，在里面我们大家都互相相爱？”

“我们要回实验室了，”伊琳说道，“伊琳要回到她的现实，我会留在这个现实里，一个没有你的现实。所以拿好你的衣服和你那些该死的印度草，拿走你的东西从这里滚出去。当我回来的时候，我希望大门已经锁上，钥匙放在了门口的地垫下。”

“我能去哪里？”

“别的维度，平行宇宙，我不关心，任何一个没有我的现实都行。”

我看着湖畔伊琳。“我猜我应该听你的，留在你的现实。”

“不可能，”她说道，“你这个骗子，只顾自己，伤害了别人，你还让我骗了我自己，太过分了。我再也不想见到你了。”说完后，她从桌子旁站起了身，我看着她们手挽手离开了公寓，从我的现实里永远消失了。

我冲了个澡，头仍然很疼。我收拾了衣服，把游戏装到了一个盒子里，抽了一根，并给唐尼打了电话，让他来帮我搬东西。

“你在开玩笑吧？我和两个伊琳在一起。她们跟我说了融合现象——咖啡杯、耳环、你的游戏机——难道你觉得这些是小事，不属于关键信息？我没法帮你搬你那堆垃圾，我在忙着解决量子纠缠大灾难，世界可能因此而崩塌。”

“对不起。”

“对不起？伙计，你应该给我数据，而不是骗我，只是为了方便你跟你的平行世界女朋友上床。”

“我知道。今后我会注意的。”

“你抽多了吧？你被开除了，不能再参与项目了。实验室的密码改了，别再回来了。”然后他就挂了。

唐尼说的都是对的：我背叛了我们的工作、背叛了我们的友谊、背叛了两个伊琳，打破了世界的结构，还可能无可挽回地破坏了多元宇宙。我没办法了，只好打给父母说我需要一个住的地方。也就是在这一刻，我终于看清了，在这个时间线里，我是一个自私的、到处撒谎的垃圾，搅乱了每个人的现实，包括我自己的。

最后，唐尼总算拯救了我们的现实，修好了多元宇宙，我搬回了家，在苹果专卖店找了份店员的工作。我在上个圣诞节的新闻上看到了唐尼，他的视频已经爆红，两只小老鼠再次相聚，粉红色的小鼻子触碰在一起。视频里，唐尼和他的新助理在一起，一个看着跟我一样的家伙，只是更整洁，更值得信任。那段视频已经吸引了十亿次点播，很快世界将变得更加复杂。或许过上十几年，我能再次进入那些曾经是我写的程序，让我再次回到那个晚上，我就是在那晚离开了公寓，醉醺醺、晕乎乎，以至于蠢到去搜寻另一个伊琳。我会告诉自己快回家，不要再抽这么多印度草了，而是要试着去学如何爱一个人。天知道我是否会听，但我至少可以试一试。因为我知道，肯定还有无数条时间线，在那里我是个好人；肯定还有无数个平行宇宙，在那里我做出了正确的决定，没有伤到任何人；肯定还有无数个现实，在那里我做得更好。或许，如果我努力了，那些现实中的一个就会变成我的现在。

SAYING GOODBYE TO YANG

再见，杨

正当我们围坐在桌边吃着麦片时——妻子小口品着茶，米卡玩着汤匙，而我则建议这个周末去摘苹果——杨一头栽到了麦片碗上。那是种突发的机械动作，把麦片和牛奶溅得满桌都是。他抬起头，仿佛什么都没发生，紧接着又把脸砸进了碗里。米卡觉得他疯得有趣，就开始模仿，弯腰也想把脸埋进牛奶。卡拉立刻予以制止，并拉着她匆匆离开了厨房，留下我来照顾杨。

每到这种时候，我总是不能百分百冷静。我手足无措地站在厨房里，倒在后面地上的是我刚才坐的椅子。需要把杨关闭，给公司打电话吗？此时，碗已经空了，牛奶正从桌面往下滴落，该死的麦片洒得到处都是，而且杨的额头上还出现了一个红色的圆圈，那是他的脸与碗沿相撞的地方。他头上有一小片皮肤掉了下来，耷拉在了左眼睑上。我决定把杨关闭，公司会一步步教我如何重启。我走到他的身后，趁他弯腰时拉出他的衬衣，按下他背板上的释放按钮。但那玩意的螺丝依然咬得紧紧的，丝毫没有要打开的意思。

“卡拉！”我扭头冲着客厅的方向大喊了一声。没有回应，只听到楼上传来米卡要找哥哥的哭闹声，以及杨的头撞在桌子上发出的砰砰声。“卡拉！”

“怎么啦？”她喊了回来。砰。

“帮我拿一把十字的！”

“什么？”砰。

“螺丝刀！”

“我拿不了！米卡在发脾气！”砰。

“行吧！忙你的吧！”

我和卡拉不总是这样。我们是一对好夫妻，沟通顺畅，相互关心，但眼下的危机总会诱发我们最糟糕的一面。杨左眼上方的皮肤已完全破了，露出了下面白色的膜。没时间到地下室拿工具箱了。我从桌上抓起一把黄油刀，打算用刀头来替代螺丝刀。然而，刀头部分太宽，对螺丝顶部小小的十字完全不管用，于是我只好把刀塞进背板缝里，使劲撬了一下。啪的一声传来，只见一片肉色的生物塑料在地板上滑远了，杨的背板开了。我按了下电源键，等着暗淡的蓝光熄灭。杨僵直地坐在椅子上，姿势异常诡异，像是什么地方出了问题。他的头仰得高高的，眼睛盯着窗户。窗外，一只红雀飞离了枝头。伴随着一声从体内发出的叹息，杨往前倒下，头也垂在了胸前。他皮肤下方的光亮也熄灭了，让他的肤色变得一片死灰。

我听到卡拉带着米卡下楼的声音。“杨没事吧？”

“别进来！”

“米卡想找哥哥。”

“别进厨房！杨还没好！”厨房的墙壁回响起妻子和女儿回到楼上时传来的脚步声。

“该死！”我心里暗自咒骂着。还没好？杨成了一堆垃圾，我还弄坏了他的背板，鬼知道要花多少钱才能修好。我拿出手机打给“兄弟姐妹”公司寻求帮助。

三年前，我们收养米卡的时候，认为这是一种进步行为，是一种针对克隆的小小反抗。我和卡拉都是中产白人，过着无忧无虑的生活，我们觉得是时候给社会一些回馈了。卡拉建议收养中国孩子。地震遗留了成千上万个孤儿，米卡是其中一个。我很难表示反对，但我最大的担忧就是文化差异。我跟卡拉私下聊过，也在面谈时和收养机构公开表示过。我对中国的了解全部都来自金龙饭店餐具垫上的图片以及配套的“学中文”字样。收养机构建议我们买下杨。

“他不光是一个大哥哥，能帮忙照看小孩，同时还是一座文化知识的宝库。”那女人解释道，递给我们一本彩色的小册子，上面有用龙形字母拼的“中国”一词。她说我们应该考虑一下，我们认真考虑了。卡拉每周在卡里特巴罗工作四十个小时，而我则在全食超市两班倒。她说得没错，我们需要有人照顾米卡，只是我们不想用附近的克隆人。我和卡拉没那么自恋，没去复制自己，我们也不想邻里那些完美的孩子吓到我们的女儿，让她觉得自己不够好。况且，杨掌握的文化知识范围很广，是我和卡拉万万比不上的。他被写入了从幼儿园到大学的所有课程，对中国的节日有深入的了解，还懂月饼和灯笼。再加两百块钱，就可以将他升级，等米卡长大之后，他甚至能教她打太极和针灸。我也不是没犹豫过。“我可以去学中文。”那天晚上我们躺在床上，我说道。“得了，”卡拉说，“鬼才信你呢。”我捏了捏她的手，说道：“好吧，那就要两个孩子吧。”

他来的时候已安装了所有程序。我没什么东西能让他长见识的，无论是打棒球、吃比萨，还是骑自行车、看电影。刚开始我尝试过这些活动，想制造一种陪伴的气氛，就好像杨是住在我家的外国交换生。我带他去卡莫利加公园看老虎队比赛，他坐在我身旁，跟我一起吃花生，当他看到我兴奋时，也会跟着我一起将双手举到空中，但我感觉不到他在享受当下。后来，不管是去玩鬼屋，还是在后院扔橄榄球，这些友爱的尝试都让我觉得别扭，仿佛是杨在迁就我。几个月之后，我放弃了。他跟我们同吃同住，会在私下清空自己的胃，也会刷牙，给米卡读睡前故事，并且等我们关灯之后就会去睡觉。

话虽如此，他依然是我们生活中重要的一部分。他总是能用我们都不知道的中国知识来制造话题。我记得，一次我开车带着他，全国公共广播电台里正播着《世界之鼓》。他在后座上说："这首歌里用了埙，一种基于小三度音程的中国古代乐器。"有时候，他还会跟我们说一些趣闻。例如，有天下午，我们一起在旧世界乳品店里吃冰激凌，他扭头对着米卡说道："你知道冰激凌是中国人在四千多年前发明的吗？"他宣布这个知识点时用的说法过于书面，我们一直在努力让米卡摆脱这种毛病。他的话里少了一种热情，仿佛他对事实本身并不感兴趣，但是我和卡拉都能理解，因为他是早期的版本。而且，每当他对着米卡说"我爱你，妹妹"的时候，我们没法不把他看成是家庭里不可分割的一分子。

在电话上等了二十分钟之后，我被告知"兄弟姐妹"公司不会退换杨。保修期在八个月前就过了，也就是说这台坏了的杨砸在了我手里，如果我想打电话请求技术支

持，由于已经出保了，每分钟需要收费三十块。我挂了电话。杨的下巴依旧耷拉在胸前。我走过去按下了他背上的电源键，希望重启能解决所有问题，可是什么也没发生。没有蓝光，也没有他身体启动的声音。

该死！我暗骂了一句。八千块就这么没了。

“我们能下来了吗？”卡拉喊道。

“再等等！”我拉出了杨的椅子，用胳膊箍住了他的腰。这是我第一次拥抱杨，他皮肤的冰冷让我吃了一惊。尽管他跟我们住在一起的日子和米卡一样长，我却不记得除了她之外，还有谁曾经抱过他或亲过他。有时，我们会开玩笑，用胳膊肘捅一下杨，同时说些打趣的话，比如“亮灯，杨”，但这已是我们接触的极限了。眼下，我紧紧抱着他，两脚用力把他举了起来。他比我想象中的重，他被设计成了一个十八岁男孩的样子，体重也应该一样。我把他举到肩上，扛着他穿过客厅，来到了外面的车旁。

我的邻居乔治正在院子里耙落叶。乔治是个友善的家伙，但跟我们是完全不同的人。他的两个孩子都是克隆人，还开着一辆油电混合车，保险杠上的车贴写着“太阳能的用处就是把人晒黑”。我打开后备厢时，他抬头看了看。“那是杨？”他倚在钉耙上问道。

“是。”我边说边把杨放进后备厢。

“真的吗？他怎么了？”

“不知道。刚才我们还坐在一起吃早饭呢，突然他就失控了。我只好把他关了，结果没法再启动了。”

“老天！你没事吧？”

“没事，我还行。”我下意识地答了一句，但话说出口的时候，我才意识到自己其实并不好。我的腿在打战，头顶上的天空也变得灰暗，仿佛空气都变稀薄了许多。然而，我对于刚才给出的回答还是很满意的。一个会为了超级碗比赛而涂花自己脸的男人不值得别人对他敞开心扉。

“你认识什么修理工吗？”乔治问道。

“说真的，没有。我打算带他去连锁快修店看看——”

“别带他去那儿。我认识一个手艺很棒的修理工，‘老虎’不愿接东西的时候，我带它去看过。那伙计住在卡拉马祖，但绝对值得你跑一趟。”乔治从钱包里取出一张卡片，“他会给杨做个检查，然后修好他，收的钱只是连锁快修店的三分之一。跟罗斯说是我介绍你去的就行。”

罗斯·古德曼的高科技产品维修店离高速公路有三公里，位于一排低矮的工业仓库中间。店的两边分别是麦克排气管修理铺和一家名叫“斯黛西二次时光”的店面，那是一家二手店，橱窗里摆放着旧的步枪、苹果随身听和铁制捕兽夹。店前面有两个男人，戴着帽子，穿着沾满油渍的格子衬衣，正站在那里抽烟。我把车停在麦克修理铺那堆生锈的排气管和油桶旁边，他们看着我的太阳能车，就像看着一条周身都长了虱子的狗。

“嘿，我来找罗斯·古德曼。我刚才打过电话。”我下了车说道。

两个人中的高个子，也就是那个留着灰白色胡茬、皮肤粗糙的中年人，跟另外一个人点了点头，算是结束了谈话。“我就是。”他说道。我准备好了跟他握手，但他只是又抽了口烟，说了声“让我看一眼你带来的东西”，所以我转而打开了后备厢。杨躺在我的跨接电缆和玻璃水旁边，腿蜷在身体的下面。他的头扭出了一个不自然的角度，仿佛想把下巴搁在肩膀的背面。罗斯站在我身旁，满身都是烟味，粗壮的小臂裸露着。他发出一声叹息：“你买了个韩国的。”他说话的语气就像在发布一个事实。罗斯是那种我这辈子都在刻意躲开的人：他的卡车屁股上可能贴着“我们只克隆自己人”的车贴。

“他是中国的。”我说道。

“一样。”罗斯说道。他抬眼对着另外那个男人摇了摇头。“行吧，”他闷声闷气地说道，“拿他进去，我来看看他有什么毛病。”他走进自己的店里，再次摇了摇头。

罗斯的店里有一张大写字台，上面有电话和收银机；写字台对面有一张小桌，桌上放着咖啡机、塑料杯和粉状咖啡伴侣；另外还有一张桌子，桌面上放着一堆杂志，桌边放着两把塑料椅子。通往车间的门是开着的。“带他进来。”罗斯说道。我肩上扛着杨，跟他进了里屋。

车间里到处都是躯体的零件、接头、电线和各种工具。墙上挂着一排卸了关节的胳膊、一对膝盖、不同大小的腿和一个年轻女孩的头，看着约十七岁，一头长长的红发。这里还有一张工作台，上面杂乱地摊着几片皮肤以及一只装满了女人手的耐热玻璃箱，所有部位的肤色都是白人的。车间的中央摆着一张满是油污的旧按摩床，可能是罗斯从斯黛西二手店淘来的。“把他放上去。”罗斯说道。我把杨趴着放到了那上面，把他的脑袋放进了床头用来搁脸的小圆洞里。

“我不知道他怎么了，”我说道，“他一直都挺好的，谁知今早却出故障了。他一遍又一遍地把脑袋砸在桌子上。”罗斯什么都没说。“我在想是不是他的硬盘出问题了。”我说话的时候感觉自己是个傻瓜。我对他出了什么问题一无所知，只不过是乔治提醒了我要去检查这方面。我应该去连锁快修店的。那地方年轻技工的服务态度好，总是让我觉得更舒服。罗斯还是没说话。他从墙上取下了木槌和螺丝刀。“你觉得他还能修好吗？”

“看了再说吧。我不修进口货，但因为你认识乔治，我看在他的面子上才决定把他打开看一眼。到外面去找个地方坐会儿。”这话是看着我的眼睛说的，我到了之后他还是第一次这么做。

“你感觉要花多长时间？”

“要把他打开了才知道。”罗斯在牛仔裤上擦着手说道。

“好吧。”我低声下气地回了一句，将杨留给了罗斯。

“他死了，”罗斯跟我说道，“我可以换了他体内的零件，但差不多要全换了才行，价钱足够你买一个二手货了。”

我站在那里看着杨。他躺在按摩床上，后背露出红色和绿色的电线。虽然他的皮肤已经失去了光泽，但看上去仍然挺柔软，跟刚到家里时一样。“没有别的办法了？”

“他的声匣和语言系统仍然在运行。你想要的话，我可以把它挖出来给你。他还能跟她说话，但只有声音没有脸。六十块。”罗斯在一块破布上擦着手，躲避着我的目光。

“不用了，谢谢。我还是带他回家吧。多少钱？”

“不要钱。”罗斯说道。我抬头看着他。“你认识乔治，”他解释道，“而且我也没给你修好。”

在回家的路上，我给卡拉打了电话。在第二遍铃响过后，她接了起来。

“喂？”

“喂，是我。”我的声音有些哽咽。

“你没事吧？”

“没事。”我说道，随后又追了一句，“其实有事。”

“怎么啦？杨怎么样了？”

“我不知道。我找的修理工说他死了，但我不相信他，那家伙对亚洲人有敌意。我在想要不要再把杨送去连锁快修店看看。”电话那头没有出声。“米卡怎么样了？”我问道。

“她一直在问杨修好了没有。我给她放了一部电影……死了？”她问道，“你肯定吗？”

“不肯定。我不知道。我还没想放弃他。”我看了眼仪表盘上的时间说道，“听着，现在才三点钟。我决定出点血，把他送快修店。相信只要钱给到位，他们总会有办法。”

“要是他真死了，我们该怎么办？我礼拜一还要上班。”卡拉说道。

“我们再来想办法。”我说道，“在拿到快修店的意见之前，先别急。”

卡拉跟我说了爱我，我也回应了爱她，随后我们挂上了电话。在蓝牙中断的同时，我的眼泪流了下来。我想起了去年的某个秋日，卡拉在照看米卡，我正在车库里从墙上取下钉耙，听到了杨在我身后的动静。他笨拙地站在门口，仿佛米卡有人照料时，他就不知道该干什么了。“我能帮忙吗？”他问道。

在那个冷飕飕的午后，身边围着红色和橙色的落叶，我穿着马甲，杨穿着他来我家时的黑色套装，我们一起安静地将树叶耙起来，在平地上垒起一个个大堆，后院仿佛成了落叶堆组成的小村庄。杨撑开了口袋，我把落叶往里倒，我们又一起把口袋抬到了路边。

“来瓶啤酒？”我擦着前额的汗水问道。

“好的。”杨说道。我进屋从冰箱里拿了两瓶冰啤酒，我们一起坐在后院已开裂的雪松木平台上，看着太阳落下枝头，以及头一批眨着眼的星星出现在天上。

“什么都比不上冰啤酒。”我喝了一大口之后说道。

“是啊。”杨说道，也学着我的样子喝了一大口。我听到了液体溅到他胃部容器里的声音。

“这就是男人该干的家务。”我用啤酒瓶指着没了落叶的院子说道。不经意间，我把杨当成了儿子，想象着有一天他也会为自己的妻儿清扫落叶。我这才意识到，杨和我们在一起的时间是有限的。最终，他会被关上，存放在地下室，等米卡有了自己的孩子之后，变成一个她再也用不着的古董。在那一刻，我想搂住杨。然而，我只是简单地说了句：“我很高兴你出来跟我一起干活。”

“我也很高兴。”杨说着话，又喝了一口啤酒。他拿起酒瓶凑近嘴唇的动作真的很像我。

连锁快修店的小伙子给我的感觉好多了，比跟罗斯相处轻松许多。他穿着干净的白衬衣，衬衣外面套着亮红色的马甲，马甲上别着名牌，上面写着“你好，我是鲁尼”。这孩子可能还不到二十一岁，却很懂礼貌，在我跟他说了杨的事之后，他说了句：“呦，这可不妙。”至少他表现出了同情心。他跟我说他们一小时之后才能腾出人手。这还叫快修店？我心里想着。我把杨放到柜台上，并给了他我的姓名。“修好之后我们会叫你。”鲁尼说道。

我在店里转了转，打发时间。他们有一个“拳击冠军”模拟机，于是我穿上夹克、戴上眼镜，和一个在加利福尼亚上线的名叫万斯的家伙来了场对战。我不懂怎么才能躲避或格挡，而且每次我出拳，我那个在屏幕上的角色都只是用拳套擦一下自己的鼻子。万斯把我打惨了，所以我把眼镜和夹克放回到架子上，又去看了别的设备。我正玩着一台新出的“思维电话”，却听到喇叭里有人喊我的名字，于是我又回到了维修柜台前。

“烧了，”那孩子跟我说道，“老实说，烧了也不是什么坏事。他早就过时了。”鲁尼前后摇晃着身子，像是迫不及待地想要接下一单活。

“还能修吗？他是我女儿的哥哥。”我问了一句。

“语言系统还能正常工作。你想要的话，我可以把他的头拆下来给你。”

“开什么玩笑？我怎么能让我女儿玩她哥哥的头呢？”

“噢，”那孩子说道，“要不这样，我们拆下他的声匣给你。你把他的身体交给我们回收，我们给你二十块钱的数码相机折扣券。”

“总共要花多少钱？”

“检查费九十五块，回收费三十五块，拆声匣再另收一百五十块。加上工时和税费之后，差不多三百块吧。”

我想过再回去找罗斯，但这不现实。在他跟我说杨没救了的时候，我给了他一个怀疑的眼神，任何人都能看出那眼神的意思。“那就拆下声匣吧，不回收，我想留着他的身体。”

我停车时，乔治正在院子里和他的两个双胞胎孩子扔橄榄球。他举起手，示意孩子不要再扔了，然后走到隔开了我们两家车道的灌木丛边。“嘿，罗斯那边还顺利吧？”我从车里出来后，他问道。

“不怎么样。”我跟他说了大致的经过，罗斯是怎么说的，我又怎么去了快修店，以及后座上放着的是杨的声匣，他的身体装在后备厢里一个快修店的大袋子里。我跟他说的时候，尽量没有流露出感情。“电子产品不就这个德行吗？”我装作无动于衷的样子说道。

“伙计，我真心替你难过。”乔治说道。我从来没想到他的嗓音能这么安静。“杨是个好孩子。我还记得有一天他主动过来帮丹娜拎买的东西。到现在孩子们还在谈论他用三枚硬币给他们算命的事。”

“是啊。”我看着灌木丛说道。我感觉到眼泪又出来了。“总之不是什么大事。别为我耽误你玩球了。我们会解决的。”这是一句彻头彻尾的谎话。我完全不知道该怎么解决。我们需要杨，但我们没钱再去买一个。

“嘿，我说，”乔治说道，“如果你们需要帮忙，就跟我们说一声，比如看小孩之类的事。我会跟丹娜说一声，她肯定会乐意照看米卡的。”乔治隔着灌木丛伸出大手，直接冲我过来了。有那么一瞬间我又回到了玩“拳击冠军”的时候，还以为他要打我。然而，他只是拍了拍我的肩膀。“我真的替你难过，吉姆。”他说道。

当晚，我躺在米卡的床上，给她读了《晚安，月亮》。这是好几个月以来我第一次给她读故事。上一次还是因为我们去了卡拉父母家，只好把杨关了一整个周末。我在她额头上亲了一下，随后关了灯。卡拉在床上看书。

“我想现在是时候去挖坑了。”我说道。

“过来。”她把书放下。我穿过房间横躺在了床上，头枕着她的肚子。

“你也会想他吗？”我问。

“嗯。”她说道。她把手放在我的头上，手指拢着我的头发。“我觉得明天弄个告别式是个好主意。你确定把他埋在外面没问题吗？”

“确定。他体内没有有机物质，快修店的家伙倒空了他的胃。”我抬眼看着天花板，看着台灯在上面投下的光圈和圈外的阴影。“我不知道没了他之后我们该怎么办。”

“嘘。”卡拉摩挲着我的头发，“会有办法的。今天你给我打了电话，我就跟蒂娜·马修斯说了一声。你还记得她女儿劳伦吧？”

“那个克隆人？”

“是的。这个学期她待在家，她在大学里学不下去了。蒂娜说劳伦可以照看米卡，如果我们有需要的话。”

我扭头看着卡拉。“我们不是说好了，不能让米卡在克隆人的照顾下长大的吗？”

“这不是没办法的办法吗？况且，劳伦是个不错的姑娘。”

“她有那种玻璃眼珠才有的冷漠目光，跟她母亲一模一样。”我说道。卡拉什么也没说。她知道我在找别扭，我也知道。我叹了口气。“我只是希望我们的生活能远离克隆人。”

“还能远离多久呢？连你的哥哥和玛格丽特都计划了在这个夏天克隆。你很快就要当叔叔了。”

“是啊。”我小声地说了句。

自从我拿到杨的声匣后，时间就变慢了。家里的地板拖住了落日的余晖，似乎进入了永恒。我听到的声音也变得清脆了，就好像我之前一直戴着耳塞在生活。我回味着米卡睡觉时眼睑活动的样子，以及乔治的手拍在我肩头的感觉。我坐了起来，转身看着卡拉，亲了她。她柔软的嘴唇让我想起了我们第一次接吻时的情景。卡拉捏了捏我的手。“快去挖吧，不然今晚我就没时间安慰你了。”她说道。我笑着下了床。“别担心，”卡拉说道，“它会是个像样的葬礼。”

顺着走廊走向楼梯口的时候，我看到了杨房间的门虚掩着。我没下楼，而是走到了他房门口，推门进去开了灯。里面有他的床，整理得非常整齐，床单的四角都塞进了床框；还有一张写字台、一张厚重的橡木梳妆台，以及一个满是黑色西装的衣柜。墙上挂着一幅“兄弟姐妹”公司送的中国宣传画，还有一面老虎队的小旗子，我之前带杨看过一场他们的比赛。这些他拥有的少得可怜的饰物里，没什么东西能让我联想到他。不过，他床边的架子上有一只棒球手套，是他拿我们给的零用钱买的。我们在逛玩具反斗城时，杨把手套放进了购物车。我们没有问，他也没说为什么要买。回家后，他把手套放到了架子上老虎队旗的旁边，之后再也没动过。

窗台上排放着杨收集的飞蛾和蝴蝶标本，看上去像是会随时飞走。夏天的时候，他在捕虫器底下采集了它们，并把它们那多粉的躯体摆放在了窗台上。我走上前，仔细查看着他的收藏。它们中有大翅长尾水青蛾，翅膀上瞪着两只假眼；有帝王蝶，翅膀上装饰着马赛克；还有一些我无法归类的银灰色小蛾子。卡拉曾经问过他为什么要收集昆虫。杨的表情立刻生动了起来，脸颊上的光也变得异常明亮。他说："它们都很漂亮，不是吗？"他似乎突然觉得不好意思了，转而讲起了一些中国蛱蝶的趣闻。

然而，真正吸引我的是在他写字台上的一些东西。小小的火柴盒被堆放在桌子的正中间，火柴散落在四处，如同一根根小圆木。桌子角上有一瓶橙色盖子的牛头牌胶水，它原本是在我的工具箱里放着的。杨想干什么？做木头房子？一座木头人的城市？或许这是杨在艺术上的尝试——和被植入的书法不一样，这完全是他自己的创作。明天我会收拾好他的套装捐给慈善超市，并扔了"兄弟姐妹"公司的宣传画，但我会留着这些火柴盒、这些蝴蝶，还有这只棒球手套，它们是杨留下的仅有的痕迹。

葬礼进行得很顺利。那是十月里美丽的一天，秋高气爽，阳光洒在树梢，点缀出这个季节的金黄与绚丽。我想象起我们三人在邻居眼里的样子：一伙疯子在哀悼他们的电子产品，简直就是异教徒。我不在乎。每当我想象杨在回收车间里被撕碎，或是把他塞进塑料垃圾桶里的画面，我就知道我们做了正确的决定。一家人站在后院的角落，我说了几句告别的话，感谢杨带给我们的欢乐，随后米卡和卡拉说了再见。米卡开始哭，我和卡拉弯下腰把她搂在了怀里。就这样，我们互相拥抱着站在清晨的阳光下。

结束后，我们进屋去吃早餐，正吃着麦片时，门铃响了，我起身去应门。我们门前的台阶上放着一个玻璃花瓶，里面插着兰花和白百合，花丛里夹着一张小卡片，我单膝跪地把它打开。“不想打扰你们，就想送你们这些花。我们为你们的失去难过。”是乔治、丹娜和双胞胎送的。真奇妙，我想着。这东西竟然来自一个会为了超级碗而涂花自己脸的家伙。

“嘿，看看乔治送我们什么了。”我拿着花进了厨房。

“真漂亮，”卡拉说道，“来吧，米卡，我们一起把它们放到客厅里你哥哥照片的边上。”卡拉帮米卡从椅子上起身，我们一起去了客厅。

把声匣放到照片后面是卡拉的主意。照片是去年夏天我们去中国旅游时照的。照片里，米卡和杨在公园的门口玩，米卡站在中间，双手紧紧抓着两扇大铁门，把它们拢在一起，而杨在门的另一面，透过门的缝隙看着相机。他微微仰着头，仿佛不认识我们，面色平静，没有笑，没有皱眉，但我们知道这是杨在最高兴的时候才会有的表情。

“你可以跟他说话。”我把花放到照片旁边，对米卡说道。

“再见，杨。”米卡说。

“再见？”声匣回答道，“妹妹，你们要去哪儿吗？”

米卡听到哥哥的声音后笑了，并抬头征求我的意见。这是个尴尬的时刻。我不想跟杨说他其余的部分已被埋在了后院。

“哪儿都不去，”我回答道，“我们都在这里。”

他没有马上回答，仿佛在思考着什么，随后轻声问道：“你们知道吗？中国的长城有些部分消失了，明长城已经有三分之一不见了。”我和卡拉因为这个奇怪的巧合而互相看了一眼，但都没说什么。杨的声音又响了起来：“长城长度超过一万里。里是中国的长度单位，相当于一千六百四十英尺。”

“哇，真有趣！”卡拉说道。我站在她身旁，看着乔治送来的花，承认自己对这个世界懂得真是太少了。

CHILDHOOD
童年

八月一个下着雨的早晨，他们躺在盒子里到货了。他们的预计送货时间被标在了父母的日历上，旁边有个小小的注释写着“乔伊和蕾西的生日”。他们出现在这个世界上的年龄分别是十一岁和十四岁，躺在各自的床上时，他们经常会谈起这段回忆。

他还记得什么？

引擎声，乔伊说道。屋子里的阴暗让他想到了那辆卡车，但他无法确定它是否是真实的记忆。这是真的吗？大峡谷呢？他们曾骑着骡子到了最底下，搭了帐篷，在科罗拉多州河边度过了一晚。

“好好想想，你当时几岁？”蕾西问道。

“八岁。”

“你还没生产出来呢。”

“那暴风雪又是怎么回事？汽车埋在了雪里，就像是因纽特人的小冰屋。妈妈打开后门的时候，外面堆的雪比她的人还高。”

“从来没有过。”蕾西说道。

一旦你意识到记忆不是真的，它们就会变小，乔伊不禁感慨了起来。就像是一只小而美的雪景玻璃球，随时可以放置在其他玻璃球中间，有的球里是小学生活，有的球里是野营，还有的球里是父母本该带他们去过的假期，假如他们有足够多的钱。

父母把共用房间里摆的两张床指给他们看时，用的理由就是钱。床铺得很整齐，枕头旁放着一叠毛巾，床上还有礼物：给蕾西的是一条裙子，给乔伊的是一只足球，礼物旁有手工做的卡片，卡片的边缘都被妈妈的剪子剪得有些参差。

欢迎来到我们家。

“在真正的家庭里，情况不是这样的。”蕾西说道。男孩和女孩不会共用一个房间。他们的父母也懂，但他们买不起更大的房子。餐桌上堆着孩子们相关费用的欠缴通知书，旁边还有电费、取暖费和房贷的账单。所以乔伊和蕾西只得共用房间，他们的床各自占了房间的一侧，而且他们把入梦前的时间都花在了回忆过去上。

“那次去上半岛的旅行是真的吗？”乔伊问道。他们租了独木舟划着去了画岩。父亲的独木舟翻了，他掉进了苏必利尔湖，之后他的鞋响了一整天。

“当然是真的。我们有照片。”蕾西说道。

在他们头顶上方，星星在水渍斑斑的天花板上划出了一条弧线。那次旅行回来之后，他们的母亲买了这盏夜灯。那天不是圣诞节，也不是他的生日，只是塔吉特百货公司的玩具区在搞特卖，她让他在那里随便瞎逛。她回来找他时，他给她看了夜灯。她看了一眼价签便把它放进了购物车里，没什么特别的原因，只是为了让他高兴。

这起码是一段真实的记忆，而且充满了爱。

情绪卡不能拔除的规矩，谁也没跟乔伊说过，但他就是知道。就像备用皮肤囊不能剥开一样——那是为了框架扩展而准备的——眼睛也不能挖出来，哪怕父母可以在关机后再换一对。去游泳时，始终要记得检查后脑，确保USB 口的盖子盖好。有一次，乔伊用牙刷柄捅了捅腋窝下覆盖着皮肉的小裂口，但感觉很不舒服，就像把眼皮整个翻了起来，或是手指捅进肚脐眼太深。因此，在升级的晚上，他总会规规矩矩地坐在盖好盖的马桶上，等着母亲戴上橡胶手套。

“暑假过得还不错，是吗？”她问道，用一个矩形的工具捅了捅他的释放开关，嘴里还在说着他马上就要上七年级了，想以此来分散他的注意力。“要上七年级了，很激动吧？”她问道。他听到了情绪卡弹出时发出的啵的一声，一切都随之变得没有颜色了。他身体的外壳也没了体温，只剩下一种充满金属感的深深寒意，只感觉一个陌生女人的手指在粗暴地摆弄着他的腋窝。她从塑料套里拿出了一张新卡，把世界又塞回给了他；伴随着一阵温暖和色彩，她的声音也再次充满了爱意。“好了。你十二岁了，是大孩子了。”她说着擦去了他眼里的泪水。

后来，乔伊看到姐姐在昏暗的星空灯下拔出了她的新卡片，他提醒她不应该这么做。

“有很多事情我们都被程序设定成不能做。我想知道要是真做了会怎么样。”蕾西把情绪卡放在了床头柜上，钻进了被子里，“而且，我们没必要听爸妈的；他们不是我们的父母，只是两个学会了怎么对机器人好的买家而已。”

乔伊讨厌她用那个词，他知道他们不是人类，但这并不意味着他没有情绪。他时不时能感到温馨，比如打开午餐盒时发现妈妈给他留了字条，或是她来接他时给他带了一盒果汁，又或是爸爸在下班后陪他在后院踢球，所有的一切——设定的记忆和真实的记忆——都充满了爱。乔伊将手压在了睡衣上，感觉着心脏在手掌下面跳动，平稳且令人安慰。即便它只是一个机器驱动的气球，在充气放气，它发出的搏动却和真正的心脏一样。

“不对，我觉得他们就是我的父母。”他对着黑暗说道。

蕾西翻了个身看着他，夜灯下她的眼白隐隐泛着蓝光。“那是因为他们把你设置成了这样。我们只不过是复杂而又昂贵的玩具。他们还为我们设定了情绪的百分比。”

“你怎么知道的？”

“我登录了他们的账户。知道我们有多少独立思想吗？百分之十五。蒂米和伊萨是零。难怪他们会那么奇怪。我是在他们的父母给爸妈发的一封邮件里读到的。”

乔伊过去经常和蒂米一起玩乐高。每次蒂米递给乔伊一个塑料块时，乔伊都会跟他说他可以自己动手把它安到飞船上。一直到了第八块，蒂米的机器人特性已表露无遗。他还在递给乔伊塑料块，脸上挂着微笑：“你是我们的客人。你来放下一块。”

“知道爸妈把我们的爱设成多高吗？百分之百。”

“那又怎么啦？”

“那就是问题，我们对他们的爱不应该是设置而成的。算了，你还太小，无法理解。”她扭头背对他，屋子里的蓝光照亮了她的脸颊，乔伊几乎能看到她皮肤下面的金属框架。

他的眼泪与父母替他设置的敏感度无关。它是一种个人的感情，哪怕他还不知道它的源头。他盯着头顶的星空，感觉到了脸颊上的湿润。蕾西重重地叹息了一声，并转过身来。“怎么啦？”她问道。他没有回答，只是躺在那里，感觉泪水滚滚而出，心痛不已。“乔伊，快说，”她说道，接着又柔声加了一句，“怎么啦？”

乔伊用蜘蛛侠睡衣的袖子擦了擦脸。“如果爸妈只是顾客的话，你把我当成什么人呢？我还是你的弟弟吗？”

他需要的只是在她心底迸发出的一个简短的词，即便她的心只是一个充气放气的气球，然而她只是深吸了一口气。“你觉得是就是。”她的语气跟她对父母撒谎时用的一模一样。

那个星期一他本该练踢球，但是教练因为食物中毒回家了，而妈妈又给学校办公室打了电话，说她没法请假出来。蒂米的妈妈会送他回家，等他到家时，蕾西应该已经在家等着了。

在他们开车回家的路上，树木已开始变换颜色，树叶纷纷掉落在车旁。蒂米友好地问着有关学校的问题：“你最感兴趣的是哪门课？”笑容。“你喜欢你的老师吗？”笑容。“万圣节那天你想扮成什么？”还是笑容。“想跟我一起去要糖吗？”

乔伊到家时，楼上音乐开得震天响，里面还夹杂着说话声和咳嗽声。他关好了前门并上了锁，迎着烧塑料的味道爬上楼梯，开门后发现蕾西坐在他的床上，对着那块裂了的玻璃。阳光穿过外面的树丛照亮了她的脸，整个房间都染上了一层金色，就像橡树叶子的色泽。还有一个男孩坐在他的毯子上，脚下踩着乔伊的复仇者联盟毯子，把它都弄皱了。他手里拿着蕾西的情绪卡，用一把金属锉在上面锉着，把薄如蝉翼的碎屑刮到一张卷起的纸上。他的姐姐用打火机烤着一根玻璃管，管子烧成了亮红色，还有黑烟冒出。

“见鬼！”她看到乔伊后骂了一声，并重重地喘了一口气，在房间这头都能听到。她把脸埋进了他的毯子里，身体剧烈地摇晃着，乔伊还以为她噎着了，直到他看清了她在笑。那个锉着卡片的家伙抓起一罐空气清新剂喷了个大弧线，屋子里一下子涌起了杧果的味道。

“嘿，小家伙，”他将锉过的卡片塞进了蕾西的腋窝，“很酷的房间。你喜欢复仇者联盟，是吗？”

“你们在干什么？”乔伊问他的姐姐。

蕾西还在笑，那个喷了空气清新剂的家伙将床上的纸叠成了一个简易信封，小心翼翼地将剩余的碎屑扫进去，随后把所有东西都装进了他的背包。他把手放到蕾西的背上，晃着她。“我们该走了。我来开车。”

蕾西歪着身子坐起，嘴巴紧绷着。“我的傻弟弟。”她笑着说道，笑得太厉害了，下巴上都沾了一条晶莹的口水，“别跟爸妈说。”男孩扶她下床并下了楼，他们挤在一起去了前门，走向车子。

乔伊在楼上的卧室里看着他们开远了。树叶在和风中起舞，风钻过了破裂的玻璃，所有东西都是一股杧果和塑料烧焦的味道。他的复仇者联盟毯子乱成一团，而且再过一小时妈妈就回家了。于是他拿起了空气清新剂又在屋子里喷了一遍，然后下楼去找爸爸放在地下室里的风扇。

蕾西当晚回到家时，眼睛已经不红了，但嘴角上翘着，仍在窃笑。直到他们上床睡觉，她的笑容才消失。她侧躺着看着乔伊。“谢谢你没告诉爸妈，”她说道，“你是个挺酷的弟弟，你知道吗？”

“你为什么要那么做？”

“吸烟。”

“我不笨。那不是烟，你吸的是你的卡片。”

蕾西安静了，看着天花板上的星星。“一个高年级的女孩教我的，”她说道，“我们坐在她的车里，太阳照了进来，一切都很美丽，我看着阳光下的烟雾，嘴巴里有棉花糖的味道，感觉那么美好、那么纯净。没有设置的记忆，也没有虚假的牵挂，只有朦胧的电磁能量云在体内升腾，裹住了一切，连我的想法都变成了纯净透明的代码。我的脚趾蜷了起来，我的下巴紧紧咬合住，我只好撬开了嘴唇开始笑。”

“听上去一点都不好玩，”乔伊说道，“而且你还弄坏了你的卡片。”

“你能从一张卡片上刮掉两到三层，它仍然能用，而且我没必要用自己的。家里有钱的女孩总是能得到升级，她们会把旧的扔到洗手间的垃圾桶里，或是卖了。”蕾西忘了把窗帘放下，月光穿过树枝照了进来，在她脸上留下了树叶形的银色阴影。

“我不喜欢。”乔伊说道。

“没事的，”蕾西告诉他，“只要别告诉爸妈。”

因此，当他在晚餐上看到蕾西充血的眼睛时，他没跟父母说。当他发现她被刮坏的卡片躺在衣柜的抽屉里时，他保守了她的秘密。街区里的房子前已摆满了鬼怪、南瓜、棺材和墓碑，母亲带他去了万圣节城，他想买个狼人的面具，它长着毛茸茸的长鼻子和指甲尖尖的爪子，但母亲说这装饰太贵了。“看！”她拿起一件特价的塑料盔甲。他还可以当一次巴斯光年。

巴斯光年的装扮挂进了他的衣柜。母亲开车接上他，没有回家，而是去了他姐姐的学校。他们到了之后，蕾西不在校长办公室，但他的父亲已经到了，校长让乔伊的父母进她的办公室。

“你在外面等一会儿，”琼斯小姐跟乔伊说道，“我一会儿再叫你。”

才刚见面，乔伊就已经不喜欢这个女人了。成年人总是会忘了他的听力有多好。他碰到过老师惩罚非人类的学生，就因为他们被墙里传来的隔壁教室的声音打扰到了。

尽管他告诉过他的老师，他体内的收音音量已经开到最小了，他们也总是会忘记，仿佛他们不愿记住他的能力和规格，所有人都假装他也是人类孩子，这种做法让他觉得自己更是个机器人了。在秘书敲击电脑键盘发出的嗒嗒声中，乔伊闭上了眼睛，听着墙那边传来的琼斯小姐的说话声。他发觉琼斯在告诉他的父母，蕾西在医务室，但他能看到姐姐的位置在他体内的 GPS 上闪烁。她小小的蓝色光点就在校长室旁的一间空教室里，并向他显示她被设置成了睡眠模式。

“你们女儿有大麻烦了，”琼斯小姐告诉他父母，“我们发现她在校外的一辆车上和三个大孩子吸卡丝。”

“卡丝？”他的母亲问道。她承认蕾西自打上了十年级之后就有点反常，但他们觉得是情绪卡出了问题，还给她买了一张新的。他们不知道卡片还能吸。

“学期开始时我们发的资料里有解释。”

“对不起，”他的父亲说道，“我们工作很忙，没法及时查邮件。”

“好吧，我建议你们现在就读。我知道这里面信息量很大，而且我明白它对你们是个意外。但是，我想让你们理解，你们的女儿卷入了什么情况。拿去，先看一下。”

里面安静了下来，尽管乔伊仔细地听着，却什么也听不到，直到他母亲开始哭泣。“要纸巾吗？”琼斯小姐问道。

“你为什么要给我们看这个？”他的父亲听上去像是吓

坏了。

“因为这种成瘾十分可怕。它不光涉及情绪卡，还会影响他们体内的胶。这些孩子在刮他们自己来过瘾，而且心瘾需要更长时间才能摆脱。唯一确定能根除的办法就是买一个一样的型号，重新开始。”

“我们不想重新开始。她是我们的女儿，我们需要她。”

“你们还是可以把她设置成同样的女儿，她看上去一样，说话也一样，只是不会上瘾——”

“我们不想换掉她。”他的母亲说道。

“那好吧，有一个叫西部康复疗养院的地方。它是科罗拉多州的一所私立学校，专门招收像你女儿这样的孩子。那里的孩子都没有情绪卡，她还可以在红石崖下面骑马。要是你想多了解一下那座疗养院，我这里有本小册子。费用不便宜，加上吃住一年要四万，但她可以获得第二次机会。希望她戒除心瘾，有一天再回到家里。”

“我们可出不起这个价钱。”

“还有个便宜的选择，就是城里的戒瘾中心。它服务的对象是成年人，但她的保修应该可以覆盖部分治疗费。听着，我不想给你们不切实际的希望——那几个和蕾西一起的男孩在中心花了两个月的时间戒瘾，现在已经复发了——但如果你能在足够长的时间里阻止她接触到卡片，她还是有康复机会的。我建议你在她留校察看期间去那里替她报名。密切留意她，拿走她的电话，不让她有上网的机会，改掉你所有的密码。她过去是个好孩子，现在仍然是个好孩子，只是那部分藏了起来。她需要修理，但话说回来，换一个才是最好的选择。”

乔伊听到椅子在地上摩擦了一下，然后传来了校长的脚步声。

“乔伊？”她打开门说道，“你可以进来了。”

乔伊坐在母亲身旁。琼斯小姐办公室那扇巨大的落地窗外，有两个高中生正穿过足球场走向停车场，还有一个小男孩独自走着，背着沉重的书包，两条腿机械地迈着步，想要躲开一群跟在他后面嘲讽他、朝他扔石子的人类男孩。

“我叫你进来，”琼斯小姐说道，“是因为我知道你爱你姐姐，想要保护她。”乔伊点了点头。“好吧，你姐姐今天被抓到在吸卡丝。现在我要问你一个问题，我希望你能诚实地回答我和你的父母。有时撒谎更容易，你以为自己在保护别人，其实是伤害了他们。你能做到吗？你能跟我们说实话吗？”乔伊又点了点头。“你知道你的姐姐在吸卡丝吗？”

乔伊不知道自己的不诚实程度被设置在了什么水平，但当他张嘴时，回答轻易地就从嘴里出来了。“不知道。”

琼斯小姐让他的回答在寂静之中停留了一阵。“你想再回答一遍吗？”乔伊摇了摇头。“好吧。”琼斯小姐从桌子那头递了一个平板给乔伊，“那我觉得你应该要看一下你姐姐身上会发生什么事。”

点亮的屏幕上，有个男孩躺在床上，他的一根手指已经被磨到只剩下金属框架了，而且他还在盯着镜头笑，那笑容让乔伊想起了他想买的狼人面具。母亲从他手里拿走平板放回到桌上。“没必要让他看这些。”

“有必要。你们都有必要看，如果不制止蕾西，她会有什么下场。情况不妙，你们的女儿有麻烦了，还有他——”她指着乔伊，“他想保护自己的姐姐。但是，乔伊，你现在没在帮她，你姐姐已经上瘾了。所以，如果你看到她吸了，就告诉你父母。如果你看到她有情绪卡，就告诉你父母她把它们藏哪儿了。明白吗？”

乔伊垂下了眼睛。“好的。”他说道，但他并不觉得事情像校长说的那么糟。蕾西并没有磨掉自己的手指。她在十月初得到了一张新卡，快活了一个月，甚至还帮忙布置了篱笆上的万圣节蜘蛛网。

“还有别的吗？”乔伊的父亲问道。

“就这么多了。她可以在十五号回来。”他的父母站了起来，乔伊和他们一起走到了门口。“汤普森先生和太太，”琼斯小姐在他们开门时说道，“抱歉跟你们说这些。我知道自己听上去不怎么近人情，但我必须照顾到所有的孩子。他们的家人不想让自己的孩子卷入到你们女儿搞出来的这种事里。但我也是个母亲，我想让你们知道，我理解你们正在经历着什么。我有过一个女儿，和你们的女儿年纪一般大，曾经也是个可爱的姑娘。我只能说我希望你们的运气比我好。”

在父母带蕾西去城里戒瘾中心的那些晚上，乔伊一个人躺在房间里，想要把真实的记忆从设置的记忆中分辨出来。蕾西和他在后院里挖虫子，把它们装进玻璃瓶里？设置的。他们轮流玩滑板时，蕾西摔破了膝盖？真实的。去年夏天，蕾西抱住他，凑到他耳根前跟他说爱他？

戒瘾计划允许蕾西带着消毒的一日卡回家，颜色苍白的芯片，没有可刮下的材料。晚上，她躺在床上，谈的不再是回忆，而是设置在每张卡片上消过毒的话题。感恩节就快到了，真激动啊。你听说了那只跳伞的贵宾犬吗？这个视频有八百多万点击量。

“她听着不像是蕾西了。”他母亲抱怨道。他们就不能给她一个百分之百诚实和自制的情绪卡吗？但戒瘾中心跟他们说，这还做不到。有时，孩子需要好几个月才能适应消毒卡。蕾西可能不像她自己，但他们必须坚持，这是戒瘾过程的一部分。她需要时间将树脂排出体外。在那之前，每周都有清洗疗程，还要下载应用帮助蕾西完成功课。只要她紧跟计划，一切都会没问题的。

但实际上就是有问题。蕾西又把卡拿出来了。乔伊在她的床头柜上看到了消毒卡，树枝在上面投下了条纹状的阴影。

“乔伊？”一天晚上，她跟他说道，“我们是一伙的，对吗？”这是好几个星期以来，她第一次听上去像是她本人。

“是的，我们还是一伙的。”

“好吧，我参加的那个计划没有用。”

“还需要时间吧。爸妈不想让你和那些大孩子一起玩。”

“我没和他们一起玩。我在那里碰到了一个好人。他年纪更大，经历过这东西，明白我的处境。他告诉我，像我这样直接戒掉是不安全的，可能会发生真正严重的故障。”

“他是谁？”

“只是一个吸卡丝的人。他和其他几个人一起住在萨林，都知道怎么康复。他告诉我，如果我需要帮助，找他就行，但我连给他发消息都办不到，爸妈拿走了我的电话。我能用你的吗？”

灯光下，蕾西的眼睛看着很温柔，就像他记忆中他们仍然在谈论海盗和《X战警》电影时一样。“你不能用手机。”

“我就想给他发个信息，看他是否能来跟我说话。我很难受，我需要朋友。你是我的弟弟，对吗？你会帮我，对吗？”

乔伊伸手去够他衣服躺着的地方，找到裤子，拿出了手机。“好吧，”他说道，“但你要记得还回来。”一个小时后，她静悄悄地打开了她那边的窗户，溜到了房顶，抱着橡树滑了下去。他什么也没说，只是看着她坐进了停在车道尽头的汽车，消失了，远离了天花板上的星空苍穹，也远离了他的父母。父母一早就把他摇醒了，在钻入房间的鸟鸣声中，问他蕾西去了哪儿。

警察发现她时，她被遗弃在萨林路旁一间汽车旅馆的房间里。他们当晚送她回来了，他的父母接过了她。警察建议他们关掉她。那晚，乔伊听到母亲告诉蕾西，她对他们有多重要。“和其他很多人一样，我和你爸爸没法生孩子，但你们两个就是我们的孩子。”母亲往蕾西的腋窝底下塞了张消毒卡，“求你了，为了我们，坚持完成计划。”

那晚，蕾西眼神空洞地盯着天花板，房间里没有对话，任何话题都没有，只有星空灯冷冷的光线照亮了他们的身体。但等到所有人都睡了，蕾西找到了父母藏钥匙的地方，偷走了汽车，还把它撞在了某个废弃社区里一所烧焦的房子前。警察把她带了回来，然后她又逃走了。她第三次逃走时，乔伊隔着墙听到父母在说话。

“我也不想这么做，”父亲说道，“但她已经没救了，我们现在要为乔伊考虑。”

“那就听任她在外面，就这么坏掉？”母亲问道。

父亲重重地叹了口气。“我们还能怎么办？等她回家时把她关掉？把她送回到厂家？或许在外面她还能找到我们无法给她的帮助。”

然而，蕾西的小信号只是闪烁在两个镇子以外的地方，在他体内的地图上，她的GPS信号没有移动。他躺着，看着猎户座的星空跨过天花板，重复了三四次之后，父亲开始打鼾。他掀起了复仇者联盟的毯子，换掉了睡衣，开了窗，溜到了房顶，顺着橡树滑下去，走进了等在街尾的优步。

尽管已是十一月底了，平房的前门仍然大开着。草坪上到处都是一袋袋垃圾和比萨盒子，还有一辆小孩的自行车。经由开着的门，乔伊看到一个男人坐在厨房的餐桌旁忙着什么。那里微弱的光线来自一盏熔岩灯，它发出斑驳的蓝光，照亮了屋子，也在墙上投下了阴影，还间或照亮了同样坐在那张桌子旁喝啤酒的第二个男人。乔伊敲了敲纱门，喝啤酒的男人转脸看着他。

“我找我姐姐。”乔伊站在门廊里说道。

仿佛过了一辈子时间，那个男人终于开口了。“进来。”他说道。乔伊走入屋子里如同水下的蓝色照明，身后的纱门在弹簧的作用下关上了。另一个男人也停下了手头不知是什么的工作，转过身来看着乔伊。

“她叫蕾西，她的 GPS 信号说她在这里。”乔伊边说边接近那个男人。在走廊深处，一扇关紧的门背后，传来了一个男人咳嗽的声音和塑料烧着的味道。

“我知道。”那个人从桌子旁站了起来。他起身时，乔伊看到了枪。桌子下面躺着各种被切下的手，手指皮都被磨掉了。此刻，熔岩灯又把大团紫色的光线投到了裸露的电线上，然后又照亮了一具没有胳膊的男孩躯干，看着年纪并不比他大。

“我们把你拆了吧。”男人说着抓住了乔伊。另一个人起身去锁住了前门。“我们去哪里开了他？”

“等等马特吧。要是我们没跟他说就刮了这孩子，他肯定会气坏的。”

“关马特什么事？他是自己送上门来的，他是我们的。”他把乔伊抓得更紧了。

“房租是马特付的，我一定要告诉他。”另一个男人低头看着乔伊，“你的姐姐在走廊那头。来吧，我带你去看。”他推着乔伊走在他前面，来到了走廊尽头的屋子跟前，旋转着门把手推开了门。屋里传来一股棉花糖的味道。

趴在他姐姐身上的家伙背上长了很多毛，遮得他肩膀下面的文身都看不清了。蕾西躺在他身下一动不动，身上盖着一层薄薄的白被子。她的胳膊举在了头顶，情绪插槽是空的。

“你们到底有什么事？”那家伙说道。他转身看到乔伊，咧嘴笑了。蕾西在被子下痉挛着。

“乔伊？”她把被子紧紧裹在身上，“你来这里干什么？”

乔伊在来这里的路上背熟了他要讲的话，一个他们分享过的所有真实记忆的集合：放学后躺在沙发上看电视，从下午一直看到晚上；去年春天砸得门廊噼啪作响的那场暴风雨；在画岩山一起比赛划独木舟，姐姐把他远远甩在身后。她每次都赢，但她保证如果下一个暑假他能打败她，她就带他去杉点乐园一起坐迅猛龙过山车。她说没事，没什么好怕的。然而，乔伊没料到有男人，还有枪，还有身体零件，还有姐姐赤身躺在床上，所以他能说出口的只有一句话：“我们能回家了吗？”

不知怎么的，这让趴在他姐姐身上的男人觉得有趣。他发出了猛烈的笑声，但蕾西抓住了他的胳膊。“马特，那是我弟弟。让他走。”

“你弟弟？他是一个该死的猎物。”

“他不是该死的猎物，马特。我爸妈会追踪到这儿来的。”

“没事的！兄弟们会把他的 GPS 在后院烧掉。这机器人身上至少有三十克卡丝，我们不会让他走的。”马特一把甩开了蕾西，晃着身子朝乔伊走过来，伸手紧紧地抓住了他的肩膀，就快把他的框架捏碎了。马特把手指贴在乔伊脸上，拉下了他的下眼皮。“你还真够纯的。”他说道。

“马特，你说了你爱我。求你了，我只求你这一件事，让他走吧。”

马特转过身面对蕾西，看着她躺在床上的样子，接着又转身看着乔伊，乔伊的头仍然在他的手掌之中。“谁也别想走。”他对乔伊说道，“来吧，该把你开膛了。”

就在这时，乔伊听到了保险打开的声音。蕾西从床头柜上拿起枪对准马特。“我比你们任何人都能扛子弹。”她说道，“让他走。”

马特转身看着蕾西。“你来真的？”他问道，“你为了一个该死的机器人要开枪打我？”

乔伊看着他姐姐。“蕾西——”

“闭嘴，乔伊。马特，让他走。马上。”

马特放开了乔伊的脸，起身看着蕾西。

“乔伊，快走。马上。我很快就回家，好吗？”

乔伊听从了她的话。尽管他相信在自己转身时，那个男人肯定会抓他回去，但他跑在走廊里时，却没人碰他，最后他冲出前门逃进等着的车子时，也没人阻止他。

黑暗的路旁，只有农田和低矮的平房。不时地会有路灯显现，短暂地将灯光射入车里。司机调整了后视镜，看着乔伊。“你没事吧？”他问道。

乔伊蜷缩在后座的角落里，看着田里干枯开裂的玉米棒。圣诞节就要到了，电台里播放着某个版本的《平安夜》。他需要妈妈把他搂在怀里，就像他小时候那样。她会抱着他，用史努比毯子裹住他，告诉他不要害怕，他的衣柜和地下室里，或是床底下都没有怪物，他是安全的。可乔伊又非常清晰地意识到，这些记忆都没发生过。他几乎可以听见姐姐的声音告诉他，没有史努比毯子，妈妈也没抱着他，这只是雪景玻璃球里泛起的又一片塑料雪花。他的眼泪浸湿了挨着下巴的衣领。

“嘿，不好意思，”司机说道，“我不该多嘴的。只是我有个弟弟也陷入了麻烦，那些人让我想起他了。听点音乐怎么样？现在只有圣诞音乐了，但挺好听的。”

乔伊放下了车窗，感受着车外的寒风。或许，冬天明天就来了，很长时间都不会走。今晚，当他钻进窗户时，星空会照耀在蕾西空荡荡的床上。他到家后，会打电话给警察，告诉他们那所房子的事，或许他们会把姐姐带回来，或许会逮捕她，或许会发现她成了零件。但这有什么关系呢？她不再是他姐姐了，而是一台电路出了问题的机器，关在了中西部某座黑暗平房中的一间小屋里，一个绕过了程序设置的机器人，不再值得他去爱。小小气球在他体内不断充气、放气，充满了痛苦，他觉得就快爆炸了。他从兜里取出了房门钥匙，在衬衣底下摸索着，将手指放在了肋骨间柔软的部位，把尖细的金属棍捅了进去。情绪卡槽弹出之后，他的身体变冷了，但他再也感觉不到痛苦，只有刺骨的寒风，有个人在开车，收音机里播放着几乎听不到的圣诞歌声。乔伊感觉这一切都无所谓了。

ICE AGE

冰封年代

今天早上冰屋里很冷。自从我们减少木柴配给以来，它变得越来越冷。来自北方的冬风呼啸着吹过我们的入口，连毛皮都无法保暖。孩子们已经起床了，玩着雪球和我在冻土上找到的玩具消防车。我和汤姆一起猎麋鹿时，看到了这个红色的小玩意，肯定是保尔森家的某个孩子丢的。我弯腰把它盖在手套下，然后装进了兜里。汤姆没有说什么，只是一直在地平线上搜索着麋鹿。我是这么想的：保尔森家的孩子有很多，而我的孩子们有什么呢？雪球，以及一个我用橡木桩刻成的小盒子。

“早上好。”莉萨说道。她正在切一条我们已腌了一个月的三文鱼。

“早上好。”我说道。

“嘿，爸爸！”孩子们说道。

这一刻的感觉真好，我们四个在冰屋里，麋鹿油蜡烛亮着，早晨的阳光照耀在较薄的那侧墙壁，让冰里现出了半透明的图案。莉萨给了我一石头碗的鱼，把另一个碗放在地上给孩子们。我们坐在石头上吃了起来。

“昨晚真冷。”她说道。

“是啊。希望今天能打到些东西吧。”

“嗯。”她说道，并把一片三文鱼放进了嘴巴。

以前我们聊得更多，有需要抒发的情绪，还有需要纪念的爱人等等，但最终都变冷了。挖掘了所有的记忆，讲述了所有的故事，听着老套的笑话，三心二意地笑着，最终都回到了寂静。雪有吸收声音的本领。

我们吃完后，莉萨收走了碗，坐在我们称为“沙发”的花岗岩石板上开始做针线活。她在往我的卡哈特外套上缝獾皮。孩子们的玩耍时间结束了，他们停下了把消防车埋在雪里的游戏，莉萨让他们开始织渔网。我则戴上帽子和手套，拿起了弓箭。

“祝好收获。”莉萨说道。

“祝好收获，爸爸。”孩子们说道。我离开了家。

灰蒙蒙的天又一次笼罩在街区上。太阳躲在云层后面，发出朦胧的光线，散乱的冰屋就像写在冻土上的盲文。天空往下喷洒着雪花，风卷起冰粒形成了龙卷风。桑德斯家的孩子们从外面的雪地里拖来了一根木头，把冰从枝条上刮了下来。我们几乎捡完了所有能用的木头，剩下的都是那些很高的树刺破冰层的树梢，冻得白白的。其实可以铲走冰，再砍下几米的树枝，但这活太累人了。

汤姆在他的冰屋前等我，他的狗挤成了一团，一条狗的鼻子贴着另一条的尾巴。“早上好，”他说道，“昨晚真冷。”

“是啊。”

“该死的保尔森。”汤姆咒骂了一声，叫起了狗。

我没有接茬。恨保尔森的人够多的了，再加入合唱显得有些可悲。我们刚开始在这地方住下时，保尔森一家和我们保持着距离。他们雇了两个墨西哥人帮他们造冰屋：一座巨大的两层楼房子，足以容纳三个家庭。我们的屋子是自己造的，我们又累又冻时，菲尔·保尔森和他的孩子们就在远处堆雪人，还生起了火。过去的一整年，菲尔·保尔森都在屋外生着一堆火，不管白天还是黑夜。远远就能看到烟，他们那座双层冰屋楼房的后面，有一条淡淡的痕迹升入灰色的天空。

汤姆和包括我在内的其他一些家伙曾去过那里，想劝菲尔不要再点篝火了。他在屋外和孩子们在一起，工人在那里给他们修了座雪山。“嘿，你们好！”他喊道，和女儿一起滑下山包，发出了欢呼声。在他的屋子后面，能看到烟正从一个洞里冒出来。我们走过去看了看。那个洞足有三四米深，足以看到一根电线杆上皲裂的木头，木头裸露着，被火焰舔成了黑色。

菲尔走到我们身边。“这天气可真给劲！”

这是句老笑话，我们都没有笑。

“菲尔，”我说道，“我们必须跟你说一下这堆火。”

“神奇吧？”菲尔手插在裤兜里，“我感觉再过两个月我们就能烧到那些房子了。那里头埋着很多宝贝。”

“你把木头都烧光了，这才是你干的好事。”汤姆说道。

“说话注意点，”菲尔扭头看了看，“我女儿在呢。”

“我才懒得管你女儿呢，”汤姆说道，“你今天就把火灭了，听到了吗？”

“你该讲道理，”我尽量用商量的语气说道，“你确实在浪费燃料。”

“伙计们，”菲尔说道，“谢谢你们来跟我商量。回去路上当心点。”

汤姆想冲菲尔来上一拳，我们不得不制止了他，把他带回到狗的旁边。

那天晚上，火依旧亮着，汤姆又带着一伙人去了那里，对着菲尔的冰屋墙撒尿，并往那个洞里倒了很多雪，从我们的冰屋里都能听到木炭发出的嘶嘶声。那次事件之后，菲尔的工人建了一堵无法翻越的冰墙，在墙的后面，火又着起来了。有时候，光是闻到那个烟味就足够让人发疯。

我和汤姆往狗车上装了捕兽夹、诱饵和武器，让领头狗循着气味前进。今天由我们负责打猎，路易斯、道格和塞斯负责采集木材，杰瑞和山姆则负责捕鱼。我扫视着冰原寻找猎物。以前经常有麋鹿群会经过我们的营地，偶尔甚至还有黑熊，但等我们猎杀了足够多动物之后，动物也会变聪明。在远处的大石头旁，我看到了两个小黑点，但这也很有可能是我的想象。狗在雪地里奋力前进着，速度不快。它们都累了，也饿了，它们中的多数甚至都不是雪橇犬，只是幸存下来的狗，稍加了训练而已。我和汤姆最后不得不下了雪橇，和它们并排走在冰原上，朝着大石头前进。那里的石头如同悬崖般拔地而起，我们布置了两个陷阱，随后走向了下风口，跟狗一起挤在石头后面。

要不是因为冰封时代，我不可能和汤姆成为朋友——如果两个手握着弓、一声不响地蹲在雪地里的男人称得上是朋友的话。汤姆和我有本质上的不同。在旧世界里，我是个木匠，习惯钉钉子，用溅满油漆点的音箱听着“感恩至死”乐队的歌，收工时随便找人凑在一起抽根烟，在太阳下山的时候谈论着帆板。汤姆开了一家汽配店，在一盒盒发动机零件和一罐罐防冻液中把自己搞得苦不堪言。偶尔，当我们像这样蹲在冰上好几个小时，他会盯着远处的白雪，面无表情地说：“上帝啊，要是来点够劲儿的就好了。”他还在冰冷的空气里回味着自己的记忆。

汤姆失去了很多，暴风雪把他的妻子和两个孩子冻在了下面。不过，我们都失去了亲人。父亲、母亲、朋友、伴侣。我有个姐姐住在里诺，母亲和继父住在博卡拉顿，上帝才知道他们现在在哪儿，八成都冻在了深处。即使他们都还活着，我也不可能再见到他们了。博卡拉顿及里诺和我们在密歇根具体位置不明的冰屋间隔了太长的冰封之路。

我们坐着，看着冰原。没有动静。风吹过大石，太阳在云层后面移动。雪下了又停，下了又停。石头的影子开始拉长了。头顶上方的某处传来了乌鸦的叫声。我们的狗终于动了。它们抬起了鼻子，在风里嗅着，耳朵也竖直了。

我和汤姆慢慢地起身。他示意我往右边去，自己则沿着石头走到了另一侧的开口。我透过豁口往外看去，果然看到了两头麋鹿：一头母鹿带着小鹿在啃露出冰面的树梢皮。小鹿离我的这侧近。我们搭上箭时，各自回头看了一眼。我们的目光相遇在半空，略一点头后就同时发射了。小鹿听到了弓弦响，抬起头看到了我。它腿一弯想要跳起，箭已经射进了它的身体，让它没了力气。它试图逃跑，但腰已经软了，只能笨拙地在岩石上蹦着，蹄子嗒嗒作响地踩在石头表面。母鹿跟着它，我听到汤姆那边又射出了一支箭。母鹿哀号了一声，死前呼了一口气，跟着它的孩子去了。

我们在冻土上走了很远才找到了小鹿，母鹿在更远一些的地方，是一头挺大的母兽。我们剖开了它们的肚子，内脏滑到了雪地上。汤姆取出了肝和肾，割下了心脏，把它们放进了一只袋子里。我们绑好了母兽和小兽，把它们装上雪橇。回家之前，我们还去检查了陷阱，但里面都是空的。

一下子打到了两头麋鹿，汤姆进入话痨模式。“跟你说件事，”我们穿过雪地时，他说道，“保尔森很快就要倒霉了。”

“是吗？”

“我和其他几个伙计明晚要去他那里把火给灭了。”

“祝你好运。菲尔不可能让你们进去的。”

“他肯定不会，我们会闯进去。如果他和他老婆想阻挡，我会用箭射穿他们。”

“汤姆，别冲动。”

“冲动？别被冰冻了才是真的。你呢？你晚上没想过保尔森一家浪费的木头吗？你的几个女儿没冻得发抖吗？”

“我们可以搬走，对吗？搬到别的地方。就把剩下的木头留给他们吧。”

“离开一个完美的家，去找一个新的？这也太蠢了。”汤姆朝着雪地吐了一口唾沫，“你看，我们走出来好几公里了，这里什么都没有，只有冰和石头。”

“木头总是会烧完的。”

“屁话。要是保尔森把火灭了，那些树还够我们烧两年的。不说了，我们明晚去那里把事情做个了断。”汤姆在对着我们呼啸不已的风中低下了头。

“都有谁去？”我问道。

“干吗问？你想加入？”

“不想。”

“那你就别打听。”

“别去，汤姆。他们也是幸存者，跟我们一样。”

“他们跟我们不一样。他们谁也不管，只关心他们自己。听着，如果你想递出橄榄枝，随便你。你擅长跟人交谈，你去那里跟菲尔谈。如果你让他和平地把火灭了，我明晚会愉快地待在家里，哪儿也不去。但如果太阳下山后火还亮着，我们就去。”

回家路上，我们没有说一句话。太阳低垂着，为云层染上了粉色的条纹，狗儿们在我们前方呼着白气。其他家庭看到我们回来都很高兴。今天是个好日子。砍了一截木头，抓了三条鳟鱼和一只河狸，再加上我们打的两只麋鹿，够我们大吃一顿的了。女人将肉拿进了冰屋做好，我们聚在一起吃着。这是一个美好的夜晚：空气中弥漫着肉的焦香味，孩子们欢乐地吃着，雪花在我们身边漫舞。这情景让每个人都进入了节日的气氛，杰瑞宣布他今晚会开放迪斯科，邀请我们都过去。

迪斯科是杰瑞的宝贝。他造了这间冰屋，并设了吧台，存放仅有的几瓶酒。他时不时地会点起麋鹿油蜡烛，往酒瓶里倒水，邀请我们去跳舞。以前他有个太阳能充电的苹果音乐播放器，他会以这个小东西的最大音量来播放曲子。后来杰瑞的播放器结冰了，屏幕碎了，从此只剩下掺了水的酒和麋鹿蜡烛，而且酒里的水掺得太多了，都成了各种颜色的融雪。我们平时会去那里喝上两杯，而且肯定会有笨蛋假装喝醉了。

话说回来，我和莉萨是在杰瑞的迪斯科结缘的。莉萨当时是社区里仅有的两名单身女性之一，剩下的那位是玛莎，一个六十七岁的悍妇，我们亲切地称她为奶奶。莉萨很漂亮：大骨架，粗胳膊，足以应付给麋鹿剥皮或是凿冰，长得也高，两条又粗又圆的爬山腿，发出的笑声震耳欲聋。一天晚上我请莉萨跳舞，从那以后她就只跟我跳了。因此我觉得这是我欠杰瑞的，每当他提出邀请时，我总是会去。

我与莉萨和孩子们待了挺久，分享完了一桶黄色的鸡尾酒后才道别。我们爬了出去，在冰冷的黑暗中走着，街区派对的声音渐渐消失在我们身后。等孩子们躺下进入梦乡后，我跟莉萨说了汤姆的威胁。

“别担心，你能说通菲尔的，”莉萨说道，“你善于交谈。”

我不知道为什么每个人都对我这么说。我想了想，觉得自己过去一年中跟别人说过最多的话也就是“鱼的味道不错”。

我想试着转移注意力，就像我失眠时经常做的那样。

我想象起了购物。以前我想象过食物。美式早餐是我最喜爱的：金黄色的炒鸡蛋，薄薄的培根，吱吱响的香肠，焦黄的法式吐司。但这种想象会让人饿得难受，于是我换成了购物。我想象自己推着车经过厨房用品区，那里摆满了饼铛、汤锅、炒锅、调料瓶、榨汁机；然后到了床上用品区，感受着毛巾、浴室垫、竹制肥皂盒、浴帘、牙刷杯；接着是清洁用品区里的熨衣板、吸尘器、清洁剂、洗衣粉；桃子、暮光、烟、麋鹿……

我又在一个冰冷的黎明醒来。孩子们在外面从我们的冰屋顶上往下滚雪球。我和莉萨尽量给他们每天半小时的玩耍时间，让他们体验童年是什么样子。每每想到我们孩子的童年这么短暂，我都心痛不已。他们每天都在忙着锯木头、剥麋鹿皮、学习打猎，掌握生存的技巧。莉萨把补过的裤子递给我，看着还不错，裤腿上缝了獾皮，很暖和。我往炭上丢了几根貂肉条，看着它们吱吱响，肉开始爆开，然后再把它们翻过来，最后丢到我们的碗里。我们吃着，听着外面雪花飘落的声音。

“好了，我走了。”

“祝好收获。”莉萨说道。我们亲了亲，鼻子互相蹭了几下。

我很快出了门，独自一人行走在街区和保尔森家之间广袤的冰原上。他们的冰屋矗立在地平线上，一个巨大的白色隆起，在平地上显得很是突兀。雪下得更大了，我顶着大雪前行，终于来到了保尔森家的冰墙前。透过墙，我看到一个工人的影子，好像在拖着什么。我沿着围墙走到了一扇粗糙的大门前，门是由石板凿成的。

“你好！”我在门外用西班牙语喊着。另一面的人影不动了。“朋友！你好！”那个人放下了他手拿的东西，朝着围墙走来。“我是索耶·戈登。”我叫道，在心里搜刮着我还记得的西班牙语词语。

“嗯，我还记得你。”工人说道。

“噢……我来找菲尔。”

“什么事？”

这借口是在半夜找到的，很久以前人类就是这么相互交往的。“想邀请他去喝一杯。”

“等着。”工人说道。我看着他走上了石头走道，又钻进了冰屋高高的拱形入口，甚至不用弯腰。我等着，踢着雪，闻着火里传来的烟味。烟旋转着升上了天空。

菲尔从入口处现身，朝着大门走来。铁链解下后，巨大的石板门开了，菲尔站在门口，穿着配套的羊毛背心和裤子，笑容满面，牙齿也都还在，并且白得可怕。

“戈登，”他伸出手说道，“很高兴再次见到你。”

“你好。”我戴着手套握了握他的手掌。

“孩子们怎么样？”

“还行。”我吃了一惊，说道，“没想到你还记得他们。”

“开什么玩笑！谁会忘了那么漂亮的孩子！那么，今天是什么风把你吹来了？”

“我想知道你和你太太今天下午是否愿意到我家喝一杯，聊聊天。”

“唉，你真好。真的，我们很感激。但是，实话跟你说，戈登，我们真的不想再去那儿了。当地人对我们不怎么欢迎。但是，嘿，我们这里有足够多喝的，要不你进来坐会儿？怎么样？”

“谢谢，这主意不错。”

菲尔侧身让我进去了，他的工人在我们身后又锁上了大门。我们走上条石时，菲尔的冰屋耸立在我们前方，足有十米高，雪墙里嵌着遮挡暴风雪的板窗。我看到保尔森家的几个女儿站在一扇窗户前看着我，举起手挥舞着。

“你这里弄得真不错。”我说道。

“等你看了里面再说。”菲尔说道。

他没开玩笑。冰屋的内部是一件艺术品，冰砖叠在一起成了墙，将房子的下层隔成了一间大客厅、一个附带餐厅的厨房、一个书房和办公室两用房间，以及一个小洗手间，装着橡木门以保隐私。沿着墙是一排窗户，每扇窗户底下都留着一块突出的冰当窗台，上面放着菲尔和他妻子在海滩度假的照片。天花板上和地上的踢脚线都有精心雕刻的冰做装饰，还铺着白色的毛绒地毯。一座用冰精心凿成的楼梯通往二楼，配了冰扶手，阶梯上也都铺了地毯。然而，最令人称奇的当属家具了。客厅里放着一张黑色的皮沙发和一个玻璃茶几，女孩们在茶几上玩着一套完整的消防玩具，里面有消防车、消防局、消防员柱子，还有一只小斑点狗。我的孩子做梦都想不到。

“芭！”菲尔叫了一声，“我们来客人了。”芭芭拉从厨房里现出身来，穿着暖和的貂皮和毛裤。“这位是我们的邻居，戈登。”菲尔说道。

我是第一次见到菲尔的妻子。她有一种古典美：瘦弱的身子，两条细胳膊，看着铲不了几码的积雪。她的眼睛是黑色的，刚开始我还以为她没睡好，后来才意识到她化妆了。

“欢迎来我们家。”她说道。

“你想喝什么？”菲尔朝吧台示意。旧世界的瓶子像保龄球一样排得整整齐齐的：矮矮的方瓶波本威士忌、深棕色瓶的咖啡利口酒、毛玻璃瓶的伏特加。我说不出话了，直到菲尔又问了一次，我才跟他说了波本威士忌。他倒了一杯，在吧台下的小盒子里拿了两块冰块放进了杯子里，随后把酒递给了我。我已经多年没有尝过纯波本的烟熏甜味了，口感很惊艳，立刻让我暖洋洋的，终于为杰瑞调的酒到底有多烂找到了答案。

“这些都是从哪儿找来的？”我问道。

“好问题，”菲尔说道，“别担心，我很快就会把秘密告诉你。但你先坐下，跟我说说镇子里的生活怎么样了。”

我们聊着我不习惯的话题。旧世界的聊天话题有体育和旅行。我想起了一些多年没听到过的词语：公立学校、飞行里程奖励、红酒炖鸡。我的血液因为常年吃麋鹿就融雪而变得很单调，酒精一下子就攫取了我。在波本的作用下，我晕乎乎的，拿着空杯子唠叨着怎么搭栅栏，菲尔打断了我。

“跟我来，”他站起身说道，“我必须给你看样东西。”

我晃着腿站了起来，感觉晕晕的，挺舒服。我跟着他去了外面，沿着冰屋走到了火堆那儿。冷风和烟味让我清醒了一些，想起了此行的目的。我头脑里突然闪现出汤姆挥着斧子的情景。我暗下决心，一定要尽快打开这个话题。

洞口很大，直径至少有六米，而且非常深，几乎看不到底。烟从下面不断地升起。沿着洞壁有向下的台阶，每级台阶都是从冰里面刻出来的，台阶中间有轮胎轧出的印子。菲尔的一个工人推着一辆独轮车过来了，沿着洞壁螺旋形的道路盘旋着走了下去。

“嚯，”我说道，“下面有什么？”

“房子。我们到目前只融进了一座，但下面有好几百座呢，装满了你想要的一切。就在上个星期，我们拿上来了一整套壁球拍，乔治说他应该能造一座还过得去的壁球场。你是这么跟我说的吗？”

“是的，保尔森先生。”乔治说道。他是个矮个子的男人，长着一张玛雅人特征的脸，以及一头毛茸茸的白发。

“我跟你说，我想到送你什么了。下面有个车库，里面全是工具。电锯、砂轮，多了去了。你想要的话就送给你了。明天再来，我让乔治帮你弄上来。”

“太棒了，”我说道，“可惜我没法用它们。”

“嘿，我们找到了一个装满油的发电机。下一个找到的就是你的。”

“嚯。”我说道。尽管我拿着工具也没什么用，把冰切成各种形状？但总归好过没有。“你真太客气了。”

“客气啥，没问题。用一头麋鹿来换怎么样？”

“啊？”

“我给你工具，”菲尔仍然在笑着，说道，“你给我一头麋鹿。”他现在的笑容是强装出来的，而且我注意到他的牙齿并不像我刚开始以为的那么好。他的牙龈因为营养不良而萎缩了，脸颊也凹了下去。我这才明白，他的妻子并不是因为爱美才那么瘦小的。

“菲尔，”我说道，“我们得谈谈。”

“如果一整头麋鹿有困难，我可以分批拿。考虑一下，我们说的可是能用上电了啊。”

"油总会烧完的，菲尔。"

"下面还有更多油。有很多冻住的汽车，乔治可以把油吸出来。"

"菲尔，规矩早就变了。你想要麋鹿，就自己去打，或者和别人一起。还有你太太，让她去和其他女人一起补衣服或剥獾皮。"

菲尔用一种怜悯的神色看着我。"戈登，"他说道，"要是我跟其他人一样，就不可能有今天的成就。我是个思想家，不是个猎人。我靠思考来领先别人。"

"话是没错，但如今靠思考已经不能让你领先了。"

"肯定还可以。你只是没有看得更长远。我们能得到失去的一切。或许还没法种草坪，现在还不行，但是电、电视、丙烷，没问题；总有一天我会开一个加热的游泳池，你等着瞧吧。"

"菲尔，如果你不把火灭了的话，你什么也开不了。汤姆疯了。如果你不停止烧火，他今晚就会来这儿。"

"汤姆？"菲尔笑了笑，说道，"汤姆是中层管理人员。这种人你用两瓶便宜的威士忌就买通了。相信我，我不担心汤姆。我说的是你，戈登。你的肩膀上扛着一颗聪明的脑袋，你想在世界上往上爬，就开始为你自己考虑吧，你肯定能过得更好。你送我一头麋鹿，我送你找到的下一台发电机。我会让你排在所有人的前面。你为我干上几小时，我让你的孩子优先挑选下一个融化房子里的玩具。"

想到能拥有一台暖气、一台收音机，或仅仅是一个可以和孩子们在晚上一起玩的棋盘游戏，我承认这很诱人。

“听着，”我说道，“这火不能再继续烧下去了，你把木头都烧光了。”

“用不着了。我们用的燃料百分之九十来自房子本身——桌子、地板、门——我们有好几个月没砍过木头了。”

刚开始我还以为他在撒谎，然而我不得不承认，已经有一年多没在森林里看到过墨西哥人了。说实话，让我觉得保尔森一家该为木材短缺负责的只有那些“夜半窃贼”的传言。

“把火灭了吧，至少先灭一阵子。”我说道。

菲尔将手插进了口袋。“不行，我办不到。所有东西都会冻起来，要花上好几个星期的时间才能回到我们现在的位置。”他的另一个工人推着满满一小车东西上来了：网球鞋、花瓶、两台吸尘器、一台不锈钢电动搅拌机。

“你还没听明白？他们威胁要来这里下狠手。相信我。至少把火熄灭一个晚上，让汤姆看到烟不再冒了。”

菲尔笑了。“汤姆已经威胁过我们很多次了，我不怕他。听着，考虑一下我跟你说的话。你是个聪明人，也有野心，所以我才要给你机会。我现在必须回去陪孩子了，你回去之前拿上点东西，给下面的人看看，让他们知道我这里有什么。我愿意交换。”他边说边递给了我那台凯膳怡牌搅拌机。“乔治，请你送戈登出去。”

“好的，保尔森先生。”

“菲尔，听我说，汤姆会杀了你。”

“无所谓！”菲尔挥着手说道，“记住，半头麋鹿换一把电锯。”

乔治领着我绕着冰屋走向大门。雪下得很大，已经盖住了走道上的石头。走在路上时，搅拌机拍打着我的屁股。我不知道该拿这玩意怎么办。乔治的步伐比我慢，显然是因为关节炎的疼痛。

“暴风雪期间你和保尔森一家在一起吗？”我问乔治。

“是的。”乔治自豪地说道，“我为保尔森先生工作十五年了。你知道吗？他先救的是我，而不是他的邻居。对我来说，他就像我的家人一样。”

“你的其他家人呢？你真正的家人，他们还……在哪里？”

“智利，”他说道，“天知道现在在哪里。”

我们到了大门。

“乔治，要是保尔森夫妇死了的话，你会干什么？”

“这是个令人悲伤的问题，戈登先生。他们现在就像是我的家人。我猜我可能会去找我的弟弟。”

“你的弟弟？”

“是的，他住在艾奥瓦州。”

我不忍心告诉他艾奥瓦州有多么平，大片大片单调的玉米地，没有能高过冰冻线的树木。在其他地方，他的弟弟可能有存活的机会。加利福尼亚州有高大的红杉，科罗拉多州有落基山，就连纽约和芝加哥也有不朽的摩天大楼，我想象着幸存者在高层里露营，在冰冷的楼梯间里采集物资。但是艾奥瓦州？那里不可能有人存活。

“艾奥瓦州离这里很远。”我告诉他。

“我知道，但我还是想去那地方。路上当心点。”他为我打开大门时说道，“你给我们带来麋鹿，我能给你更好的玩意，比那个还好。”他指着搅拌机。搅拌机的电线已经拖在了雪地上。他在我身后关上了石板门。

暴风雪又开始了，云层又厚又黑，太阳不见了。雪不停地下，把一切都染白了，我很难看清前面的路。我把搅拌机夹在胳膊下，顶着狂风，歪歪扭扭地在雪地里前行。大风大雪让我的速度很慢，太阳不知道躲到了哪里，也有可能已经是晚上了，等看到我们冰屋模糊的轮廓时，我都快冻僵了。

汤姆一直在等我。我刚一到家，他就冒着暴风雪来了。

“嘿。”我说道。

汤姆什么也没说，只是看了眼搅拌机并摇了摇头。他转身朝着自己的冰屋走去。

“汤姆，等等！”

他停下了。“怎么了？”他说道，没有转身。

我心里的冰还没有厚到去做出我应该做的事。不要说出一丁点菲尔的建议，而是回到我安静的冰屋里，在男人们穿过冰雪前往保尔森家的时候，和孩子们待在一起。如果我这么做了，汤姆很可能会杀了保尔森夫妇，洗劫他们的家，今晚也就成了下面那些房子的开猎日。但在那种情况下，保尔森夫妇肯定死了，他们的两个女儿成了孤儿，乔治也注定踏上了不归路，而我们的孩子则有了一个杀人犯同谋的父亲。那么，我该怎么办？我跟汤姆讲了下面的房子和其中的宝藏，给他看了搅拌机，解释了菲尔提议的交易，希望谈判能平息他对鲜血的渴望。我还能做什么？我诱惑了依然潜伏在他体内的魔鬼。“我打赌那些房子里肯定有大把的止疼片。”我说道。我看到他马上晃了一下，几乎能听到魔鬼趴在他肩膀上，在呼啸的暴风雪中跟他耳语。他眼睛里的火熄灭了。

“让他自己来跟我说。”他啐了一口唾沫说道。

当天晚上，男人们还是在汤姆的冰屋周围集合了。我要阻止他们吗？不。此刻我必须选择一方。如果我为保尔森一家出头，还不如在他们家旁边也建一间冰屋呢。不过，当男人们在我们的冰屋四周踩得嘎吱嘎吱响，狗儿拉着装满斧子、弓箭和其他打砸工具的雪橇，因为要出猎而激动地叫着时，我还是感觉糟透了。

我和莉萨把孩子们在床上安顿好。我坐着唱歌，伴着孩子们入眠，然后和莉萨挤在一起，听着外面雪地上的动静，我们两个都是此事的共谋，就连孩子们都知道。大女儿问我：“今晚有什么事？”

“没事。”我摸着她的头发撒谎道。

莉萨去睡了，但我不能睡。我在木头上雕着给孩子们的小玩意。我跟自己说，能做的也就这么多了，我已经尽力了。我去了那里，跟保尔森说了要发生的事，我把事情都跟他摊开了。今晚发生的一切不是我的错，是保尔森自己造成的。“能做的也就这么多了。”我大声地说了出来，但声音太小了，被冰屋的雪墙吸收了，凸显了它的无力。“该死的。”我大声说道。虽然今晚我最不想见到的就是尸体，但我还是放下了那截木头，合起刀收在身上，并穿上了外套。

雪橇的痕迹很容易跟踪。我在雪地上跋涉，不确定自己到底想做什么。发表一番演讲打动所有人的心？站在保尔森夫妇前面亮出我的刀？我继续走着，跟着雪橇深深的印记，在夜色中朝着地平线上影影绰绰的冰屋前进。

入口处的石板门被砸碎了。冰墙上仍然残留着四分之一扇门，其余的散落在地，碎片都被踏进了雪里。这情景有种怪异的宁静。在黑暗中，没有灯光的窗户不祥地镶嵌在白色的穹顶上，将冰屋变成了一颗硕大的头颅。我站在那里，正发愁该做什么时，就看到有人从洞里出来了。一束光线刺穿了雪幕，照在我的脸上，我什么都看不见了。

我一下子没反应过来那是什么东西，我们已经很长时间没见到过手电筒了。

我举起了手。“是我，戈登。”

“嘿。”乔治打了声招呼。

我走在雪地上迎了上去，靴子咯吱作响地踩在冰上。“你没事吧？”

“没事。”乔治用手电照了照入口，“但我得再做一扇门了。”

“保尔森一家还好吧？”

“刚开始局面挺糟糕的，现在好了。她们都在里面睡了，保尔森先生在下面。”乔治转身用手电照亮了洞口，“来吧，我带你下去。”

乔治照亮了下洞口的路，我们一起安静地往下走，围绕着烟雾转圈，烟从洞口的中央往上升起，就像在烟囱里升起一样。我紧挨着洞壁，手摸索着冰面找方向。不时会有切断的树枝和烧焦的电话线木头杆子从雪里冒出头，摸到它们让人安心。道路在洞底变得平缓，我们进入了一条长长的冰隧道。这下面的地是棕色的泥土，点缀着腐烂的丛生植物。

“那是草吗？”我问道。

乔治照亮了一片杂草。“是的，戈登先生。看这里。”他抬高手电照亮了我这侧的冰壁。刚开始我什么都看不到，只有蓝色冰面发出的反光，但很快我就看清了：冻在冰川之中模糊的轮廓，有树、篱笆、一长段水泥人行道，还有房子的外形，像是一个个深深冻在了冰川底的黑色巨人。

“我再给你看点别的。”乔治说道。他往前走了几米，消失在了冰壁里。我跟着他进了一条掏空的走道。一路上我们钻过了冰封的篱笆，穿过了人行道，来到一辆车的侧面。司机侧的车门敞开着，乔治的手电对准了车里，照亮了仪表盘、音响，还有在方向盘上垂着的已爆开的安全气囊。副驾驶那侧的门也开着，形成了某种车载式通道。直到此刻我才看到了乔治真正想让我看的东西：另一侧有个大冰洞，里面立着一根根冰冻的石笋，还有邮筒、房子的黑胶墙面等。

“嚯！”我说道。

“厉害吧？来，我带你去找其他人。”

我跟着乔治回到了主隧道。在我们前面，泥地变成了条石，我们来到了一座大门敞开的平房。房子左侧的窗户底下有一堆燃着的小柴火，融化出一条通往邻居家的路。能听到声音了，声调很高，听着都挺热情。等我们走入门厅后，我看到村里的人都在这里。

客厅是属于过去的记忆，虽早已忘在了脑后，却一下子又熟悉了起来。挨着墙放的书柜，还有吊顶和地毯，地毯上面有沙发及椅子，整个场景都由蜡烛和竖放的手电照明，就像是温馨的晚餐会。狗躺在地板上，鼻子贴着地毯，还有两条在沙发上舒服地伸着腿。男人们四处转悠，往垃圾袋里装着书和镜框。他们把雪橇也拖了进来，往上装了一盏落地灯、一只音箱、圣诞灯饰以及几个抱枕。他们看着就像是购物狂，囤积着旧世界的奢侈装饰品。忙于掠夺的男人们没注意到我，但保尔森注意到了。

“戈登！”他热情地说道，“见到你太好了！”他坐在火炉边的摇椅上。汤姆在他身边，坐在了另一张摇椅上，戴着手套的手拿着一杯酒。

其他男人这才转回身来。杰瑞看到了我，挥了挥手，并举起一瓶黑色瓶子的美雅士朗姆酒在半空晃了晃。“迪斯科之夜！”他叫道。其他人朝我挥了挥手，又转头回去继续他们的工作。在走廊那头，我听到厨房里传来了盘子轻磕的声音。

“你没骗人。”汤姆说道，“这里真的什么都有。”他举起杯子向保尔森致敬，然后一口干了。

“汤姆同意当我的新分配人。”菲尔愉快地说道。

“去吧，”汤姆朝着客厅示意，“想拿什么就拿。拿走之前到我这里登记一下就行了。”汤姆从他们之间的茶几上拿起了一块记事板。

我没说什么，只是站在那里，沉浸在其中：酒精的味道，男人们搜刮着架子上的小玩意，窗户埋在了冰里。接下来要发生的事显而易见，在菲尔给我一杯喝的之前，我就知道该干什么了。我要问菲尔孩子们的玩具在哪儿，在他告诉了我之后，我会在别人动手之前先抢到。我要去车库里看一眼电锯和砂轮。今晚不会流血，不会有尸体，我们之中不会出现谋杀，只有一架满载着各种收成的雪橇，还有喝醉的男人，晃荡在这个曾经是我们街区的地方。

ISLANDERS

岛上居民

我们在紫光下穿潜水服，光线很暗，我勉强能分辨出水的边界，浪花里竖着一块锈迹斑斑、写着“让”字的交通标志，看着就像鲨鱼鳍。在地平线上，云层裂开了一条窄缝，预示着可能会出太阳。昏暗中，我扭着身体挤进了冰冷的橡皮潜水服。父亲倚在卡车上看着海面，享受着下水之前的最后一根烟，原本灰色的烟雾在晨曦下发着蓝光。我们有一张照片，是在我出生之前照的，那时他和母亲还在一起：父亲站在我们家房子的门廊里，一只手放在扶手上，另一只手拿着一根烟，像是准备吃药。他在看着镜头外的某个东西，不管他在看什么，总之那东西让他快乐。现在他看着水面，脸上同样是这副放松的表情。海浪拍打着混凝土，发出温柔的涛声。

“好了，下水吧。”他将烟头扔进水里。烟头在水里嗤的一声熄灭了。我背上了气瓶，父亲也背上了他的。我们检查了仪表，穿上了脚蹼，放下了护目镜，摇摇摆摆地倒退着走向街道的尽头，那里的混凝土路面已钻进了水里。

等感觉身体入海后，我蹬了一下，离开了安全的陆地。

万籁俱寂，只有气瓶发出的咻咻声，太阳穿过云层，稍稍露了一脸，在海面洒上了一片金黄。一群小鱼游过，在阳光下闪着银光。光线穿透海面，照到了海底曾经是我们街区的平房上，它们的塑胶墙板随着波浪摇摆，如同脱胶的创可贴。我们潜着水，经过了母亲在离开我们之后曾住过的公寓楼，向着小学前进，有两条青鱼在学校敞开着的入口处游来游去。父亲打着腿穿过了入口，他的潜水灯扫过了储物柜，我猜不到我们为什么要上这里来。我们已经回收了所有可用的资源：不怎么好使的铅笔和钢笔，还有一堆笔记本，我们把它们放在客厅晾干，纸都皱了，还染上了海的印记。父亲用手电的尾端砸开一把锈蚀的锁，打开门，里面露出了一件宽松夹克衫的大袖子。夹克衫太小了，我穿不上。然而，他还是把它塞进了网兜里，外加一本已经开始散架的课本。我想问他，一本小学数学书能对我有什么用，但没等我拍他的肩膀，他已经打腿游进了满是沙子的黑暗走廊深处，并从后门出去了。

我们潜水经过了杂货店，走廊两边的货架都被抢空了，锈迹斑斑的购物车孤零零地停放着。接着，我们向着那座高大的褐沙石房屋前进。房子里，海螺吸附在被水泡烂的沙发上，还有的紧紧地贴在墙上。我和父亲拿出刀，把它们撬下来并丢进网兜里，收成不错。书柜上有台机器，父亲把它塞进了网兜，跟刚才那件冬衣放在了一起。

我禁不住在想他是否会变得更糟糕。有时我感觉他还行，但马上又会发现他坐在外面的雨里，衣服全淋湿了，我不得不把他带进屋里，给他准备热茶，因为他在发抖。此刻，父亲开始拉扯机器下的东西，它们的封面碎了，纷纷洒洒，就像鱼食，我觉得他的理智已经全部消失了，他肯定把那些塞进网兜的黑色圆片看成了比目鱼，而那件宽松夹克衫是鱿鱼的触须。

我在网兜里装满了海螺，大概有二十来个。就在这时，父亲拿手电朝我晃了晃，我们打着腿离开了房子，将淹没的街区和草坪留给了海草和鳗鱼。我们沿着路盘旋而上，直到我们的脚蹼又踩在了路面上。我们后退着离开了水面，气瓶因为没了浮力而沉重异常。

我坐在卡车的平板上，在细雨中脱下了潜水服。远处海面的上方，那条窄窄的裂口还在，几乎能看到蓝天。或许这是个开始，我心想。或许雨该停了。然而，尽管我一直都是这么盼望的，它却从未发生过。

父亲将我们的收获放进了车厢。“你为什么要拿那些玩意？”我问道。他没有回答，只是从仪表盘上拿起一包烟点上了一根，然后把气瓶砰的一声甩进了车厢，我觉得脸上的肉都颤了三颤。即将来袭的暴风雨已然在敲打着车顶盖。

“回家。”父亲发动了车子说道，并未回答任何一个我提过的问题，正如他一贯的做法。

伴随着隆隆的雷声，暴风雨又回来了，瀑布般的雨帘打在曾经是我们家阳光房的窗户上。父亲坐在黑暗中的小桌旁，弯腰研究着那台他从海里捞上来的机器。机器旁摆了盏油灯，他在光晕里露着头，仿佛就在潜水艇的隔舱里。天色不早了，就快到吃饭时间了，但父亲似乎压根就没想起还要做饭。他拿着起子把螺丝一个个地拧了出来，我试图想象自己到了他这个年纪，独自一人待在小山丘上的这所房子里，摆弄着泡了水的机器，而山丘本身也就刚够露出水面。然而，我内心真正浮现的画面却是我驾着家里的帆船远离这里，越过海洋，前往母亲和其他幸存者所去的地方。

在我们的镇子消失在海底之前，有邻居家的孩子去了外地上大学。大学里有建筑专业，我想象自己有一天搬去了纽约学习如何建造摩天大楼。那还是在那所城市也消失在海底之前的事了。

“我们为什么不航行到其他地方？”过去我总是会问父亲，“海那边肯定还有其他人。妈妈可能还活着。”

“那里肯定有人，”父亲说道，“水位线上有整座城市，海拔高的地方还有很多岛屿。但我知道人一旦饿了会变成什么样子，我也知道政府是什么样子，我还知道你妈妈是什么样子。如果她还活着，她不会想见到我们。我们在这里也不错，就你和我。我们可以钓鱼，可以潜水，可以撑过这场暴风雨，不管它会持续多久。等水退了之后，我们就能拥有一大片地，都是我们的。别担心，我们会撑过去的，我们要相互照顾。”

最终，我不再要求离开，他让我做什么，我就做什么。他仿佛仍然把我当成一个需要在海浪里搭救的小孩，教我如何从雨水里收集饮用水，如何煮开海水来获取盐，如何让木头烧慢一点，如何驾驶帆船，哪怕那艘他造的帆船被遗弃在了我们的仓库里，已经有好几年没用过了。有时，趁着父亲睡着了，我会到那里去，坐在甲板上跟着它一起随着波涛起伏。它应当是我们的逃生船，足以装下我们一家人，等到水面漫到我家台阶上时可以乘着它逃走，但妈妈离开了我们，而且水面只涨到了仓库，我则被遗弃在了这里，在雨中的门廊上刮鱼鳞、剖鱼腹，不敢去想我的余生将是什么样子。

“那是什么？”我拿着海螺进屋时问道。父亲没有回答，只是将油灯拉近了机器，想要拧下一颗卡住的螺丝。大雨一阵接一阵地冲刷着屋子。

“帮我个忙，”他说道，“抓住底下。”我照他的吩咐做了，他抬起了上半部，如同将肉拉出龙虾壳一样。他手里拿着的那部分垂着一团乱糟糟且已生锈的电线，海水从线头处滴下，落到了底座里。“去把水倒到外面。”他说道。

我穿过屋子，海水在容器里晃着。在开门之前，我弯腰把它放到了地上。门开了，雨水打在我胳膊上，凉凉的。父亲终于回答了我的问题。

“它叫唱片机，能放音乐。”他说道，“你妈妈和我以前喜欢听它放的唱片。”我没有动，担心一旦把水倒了，他又不往下说了。也许我一直在风雨里敞着门，他就会说更多：她长什么样，她现在可能在哪里，他觉得她会不会想我。然而，父亲没再说什么，我只好斗胆问了个问题。

“她喜欢什么样的音乐？”

“关门，雨都洒进来了。”虽然我希望他能继续谈妈妈，他却没有，只是在我把底座递给他时把机器塞了回去，轻柔地撬开了圆盘中间的圆环，露出了另一组螺丝。

“你都忘了歌手的名字啊，”他终于开口了，“闪电·霍普金斯、马迪·沃特斯、妮娜·西蒙……”他把螺丝放进了一个小碟子里，接着开始拧下一颗。“一个个就好像排好了队等着你呢。”

我明白他的意思。自从看到了以前的学校之后，同学的名字也都回到了我脑海里。住在我家附近的汤米·赫希菲尔德、头发上粘了口香糖的劳拉·乌尔夫、布鲁迪·伯里斯、卡特·斯科特。一个名叫蕾切尔的女孩会在吃午饭时跟我交换她的果汁。突然，父亲又对我说话了。

“我们首先要做的是清洁马达，润滑曲轴，把它翻过来。动作快点，把C形夹拿走，就是那个锈了的东西，我们要把转盘取下来。轻点，这玩意锈了有一阵子了，受不了力。好了，把唱针拿下来。旋转部件都卡住了，但我们会修好的。你需要的只是一根针、一张纸，还有胶带，你会听到响声的。”尽管我不知道他在说什么，却还是认真听着，这么多年来父亲似乎是第一次这么高兴，别去想什么晚餐时间到了之类的了。

到了早上，我和父亲解下了系在门廊上的小划艇，扛着它下了山，路上经过了仓库，里面停泊着被我们遗弃的帆船，以及长在斜坡上的草坪。我们来到了海边，他抓牢了划艇，好让我爬上去，随后把桨递给我，自己爬了上来。我们划着桨穿过海浪，离开了我们的家，离开了邻居家房顶上的沥青纸，前往辽阔的大海。在地平线上，老购物中心伸出了海面，在它被淹没的停车场上，汽车看着就像是鲎反光的后背。

几只海鸥嘎嘎叫着飞过，我们停在了一处浮标前，拉起绳子，上面吸着贻贝，我采了满满一把黑亮的贝壳扔进桶里。父亲点上一根烟，看着小岛上的购物中心。那里能看到有多个放映厅的电影院，有缺了字的梅西百货的老招牌，还有几辆停在水位线上的汽车。尽管那里仍有大量值得回收的东西，但购物中心看上去阴森恐怖，破碎的窗户和扭曲的大门通向隐藏的洞穴。

在离开我们之前，母亲带我去过那里看电影。兰迪和她在一起，给我买了爆米花，带我进了电影院，坐在我身边。电影快开场时，他说道："嘿，你妈妈和我要去干点别的，你自己坐在这里没问题的，对吗？好好看电影，好吗？"母亲靠在他身上。"电影结束之前我们就会回来。你要上厕所吗？"我告诉她不用，哪怕我想上。他们把我留在了黑暗之中，陪着我的只有一大桶爆米花，以及一部我已经忘了具体内容、跟卡通老鼠有关的电影。

父亲用锤子打破了一辆厢式车的玻璃，伸手进去开了锁。他在收音机上忙碌着，最后把那东西整个抽了出来，连带着底下的电线，看着像是某种老旧的型号。他检查着电线。"这些应该能用。"他把电线放进了包里，又移向了下一辆车，在仪表盘储物箱里找到了一包烟。我从划艇上拖下了空油罐，在停在那里的车旁忙碌起来。

我吸出汽油时，蜗牛在挡风玻璃上爬着。它们发出湿漉漉的吮吸声，说着我们听不懂的话。绝大部分时候，这些车里的汽油已经变质了，但偶尔有一两次，我们能吸出些好东西，在过滤之后足以让卡车运转。去年冬天，发电机因为用了老油而喘起了粗气、咳嗽个不停，最后终于坏了。我怀疑卡车也撑不了多久了。不想那么多了，我还是继续吸吧。头两辆车里吸出来的汽油是棕色的，里面满是铁锈，但在一辆掀背车的油箱里，我闻到了好汽油的松木味，于是便开始往罐子里灌。

购物中心让我想起了洪水之前，想起了在母亲离开之前的最后几个月里，父亲在车库里边敲边锯的样子。为了造帆船，他弄弯了橡木板，母亲叫他诺亚，他曾经喜欢这个名字，直到后来她的语气变了。母亲消失之后，父亲带上我航行了整个月，想找到她。在搜索地平线时，他教会了我怎么升帆、怎么利用风力，以及怎么掌舵。我没告诉他，母亲说过兰迪在纽波特有一艘游艇，雨再怎么大，里面依然是干的；我也没告诉他，母亲是如何向我保证，总有一天会让我好好看看的。但这一切都没有意义了，海面上没有其他船的踪影，只有空房子的房顶和大树的树梢，我依靠它们来导航。

最后，父亲放弃了。我们驶回了码头，将船放上拖车，在洪水上升之后把它遗弃在了仓库里。父亲说，如果我们不乘这艘船逃命，它的用处就不大。它太大了，不方便行驶在房顶之间，而且它总是会让他想起母亲。一天晚上，海水将它抬离了地面，它在浪花里上下跳动，如同一匹野马，头尾不停地踢着仓库，愤怒地朝着墙壁掀蹄子。父亲蹚着水进了战场，爬上船，用绳子拴住了它，以防它将自己撞成碎片。尽管那艘船并没有带给他任何喜悦，他仍不想失去它，我觉得他对我也是这种态度。

等到课本干了，书页已发皱，很难翻看。我也不知道为什么父亲要把宝贵的潜水时间浪费在它身上。我已经知道怎么做加减乘除，这本书没啥用，除非用来生火。不管我是怎么想的，他还是把书和冬衣放入了一只完好的塑料袋里。然后，他把唱片机放入了另一只塑料袋里，跟着一起放入的还有几张唱片，他把袋子拿到了外面的卡车上。我还以为我们要去拜访乔治呢，他住在一间简陋的泡了水的窝棚里，就在海角边那一截子勉强露出水面的州际公路上。他靠海草、贝类以及一箱趁骚乱时抢来的波本威士忌过活。但父亲并没有朝那个方向开去，而是转上了南路。这条路露出水面的部分很长，先是绕着山坡盘旋，最终从山上下来通向海边。在夏天，我们能看到海星吸附在水位线下房子的玻璃窗上。我们会采集它们，父亲先把它们油炸了，然后我们在阳光房里把它们敲碎，咬出里面富有弹性的肉。

在那些云层薄到几乎能露出月亮的晚上，我曾独自行走过南路，探索过充满臭鱼味的房子。鱼儿在涨潮时游了进来，被困在了柜子里。一座房子里有间男孩住的房间，墙上贴了蜘蛛侠的海报，我还在房间的抽屉里找到了一把瑞士军刀，到现在还留着。除此之外没什么特别的，只能看着窗户外空荡荡的小岛，一切看上去都被诅咒了，我意识到我们是多么孤独，只有父亲和我，还有远处的乔治在窝棚里喝酒。

今天下着蒙蒙细雨，将一切都笼罩在雾气和潮湿之中。父亲将卡车停在了水边。他把海岸线旁一座废弃的房子指给我看，它附带的船屋里有一艘摩托艇在随着波浪起伏。我无法相信父亲知道它的存在却一直没告诉我。我们把袋子装到艇上，父亲往油箱里加了汽油，来回拉着绳，直到马达咳嗽着吐出黑烟并点着了，他才驾着船远离了卡车，那架势仿佛我们再也不会回陆地了。

“今天我要给你介绍个人，”在我们“突突”地开了一段时间后，他开口说道，“她和她女儿一起住在另一个岛上。她的名字叫达莉亚，她的小宝贝名叫菲奥娜。她们也都是幸存者。我希望你能对她们礼貌点。”雾中露出了如同船头一样的东西，那是另一座小山上的房子，小山坐落在另一个小岛上，而这个岛也是我们曾经社区的一部分。她的前院里似乎有根图腾柱，柱子上伸出巨大的翅膀，直到离近了我才看清了它是一根高铁柱，上面安着桨叶，在雾中缓缓转着。父亲熄了火，引导着我们贴近了一个简易码头。我跳下水帮他一起把船拖上岸，并把它系在了那柱子的底座上。

“这是什么东西？”我问道。

“风力发电机，”父亲说道，“发的电足够她们用一天的了。”他提着袋子走上了通往房子的石板，一个穿着褪色的绿裙子的女人站在门廊里。

“你好，乔希，我一直盼着能认识你。”我们登上台阶时，她说道。她朝我伸出手来，我不明白她怎么会知道我的名字。她身后有个小女孩，正抱着她的腿。“她叫菲奥娜。”那女人介绍道。

“嘿。”我对那女孩说道，但她只是把脸藏进了妈妈的裙子里。

父亲放下袋子，解开袋口，取出了松松垮垮的外套。“感觉这件应该适合她穿。”女孩看了一眼外套，伸手接过。“还有一本数学书。”父亲拿出那本皱巴巴的课本。

女人接过书翻了翻。“谢谢。”

“这才是真正的宝贝。”父亲拿出了唱片机，“我修好它了。有了你这里的电，它应该能用。这是给你的礼物。”在父亲喋喋不休的时候，女人探身在他嘴唇上亲了一下，动作很突然，让我大吃一惊，就算她打了他一拳也不会让我更吃惊。我低头看着台阶，一切都明白了。

“乔希，你饿了吗？”女人抱着唱片机进屋时问道，“我正在做炖青鱼，前几天我们抓了三条。”

“好啊。”我进了她的房子，看着比我们的好多了。椅背上没有滴水的潜水服，屋里也没有发霉的臭味或是漏雨的窗户，桌子上更没摊着工具和空螺壳。我意识到我和父亲的生活有多么乱。我的房间里满是渔网和晾起的袜子。我觉得母亲肯定不会让我们活成这样，或许这就是关键，父亲想要忘却跟她在一起时的样子。

“带乔希参观一下你的房间吧。”女人说道。我跟着菲奥娜去了，因为这么做显然比待在这里和父亲以及一个跟他熟到足以亲他的女人待在一起要好多了。

菲奥娜的房间里有一张塑料的绘画桌，桌上放着一套陶瓷茶具、两个娃娃和一只足球。我没看到感兴趣的东西，直到她给我看了架子上的一叠扑克牌。“想玩比大小吗？我缺了A和三。”

“没关系，”我说道，“没有影响。”

她把茶具拿下了桌子，我们在她房间里大窗户旁的黄色小椅子上坐了下来，窗户面向着大海。她数着牌。后院的一小块地上堆着一些盒子，外面包着白色塑料泡沫。“那是什么？”我问道。

“妈妈在里面种土豆和甘蓝。你没妈妈吗？”她问道，双手在洗牌。

“我有妈妈。”

“她在哪儿？”

“在那里的什么地方吧。”我看着大海说道。

“我爸爸也在那里。我不太记得他了，他淹死了。妈妈说你不能一直伤心，否则你就会被眼泪淹死。你觉得你妈妈也淹死了？”

“没有。”我在她的Q旁边放下了J。

菲奥娜拿走了她赢的牌。“爸爸淹死之后，我们搬到了这里。妈妈说这里的风更好。我无所谓，但我更喜欢我们的老房子，它淹在水下了。你们也占了别人的房子吗？”

“没有。”我翻开了下一张牌，是一个方块二，她用她的五赢走了它。

房间外面先是传来了吱吱啦啦的声音，突然音乐声就响了起来。我和菲奥娜站起身去看是怎么回事，看到我父亲和她母亲站在墙边，唱片机就插在那里的插座上，一圈圈不停地转动着黑色的盘片，发出了一串小号的声音。

“这是爵士乐。”父亲跟我说道，我突然对他很愤怒。我们的房子里这么多年都没有音乐，只有雨声、炉子烧火的声音以及偶尔的雷声。我们唯一的乐器就是母亲的旧钢琴，制音器都鼓起来了，象牙琴键也卡住了，没有任何用处，只能用来烧火和做牙雕。我仿佛早已忘了世上还有音乐这种东西，现在它就在我眼前，弥漫在客厅里，简直就是个奇迹，就好像父亲才刚刚发现了世上还有声音这种东西，我想知道他为什么会把这个奇迹送给一个陌生人，而不是给我。但我什么都没说，只是站在那里看机器转着唱片，直到女人喊着汤好了，过来喝吧。

在厨房里，她拿出一只碗，往里盛了些汤给我，我端着汤走到客厅里的木桌旁。墙根装了暖气，释放出一阵阵温暖的气息，抚慰着我的脚。热汤是鱼头炖大块土豆，温暖着我的手。

“你爸爸说你数学好。”女人跟我说道，我还是第一次听说。我不知道他跟她都说过什么，总之过去的这两个月发生的事突然间就变得有道理了。父亲的卡车在半夜里发动，又或者他说要去查看渔网，却一去就是好几个小时。

我耸了耸肩，但他说的是事实。我把九年级发的课本读了一遍又一遍，想要猜测代数完了之后还会学些什么。我在空白处写下笔记，用画角度和解方程来打发在屋子里的无聊时间。“我喜欢建筑。”我说道。

“他跟我说过。”女人站起身走到书架旁，拿出一本厚厚的书递给了我——《世界上的伟大建筑》。“我猜你会喜欢这本书。”书的封面甚至都没碰过水。我随便翻到了一页，上面是纽约熨斗大厦的黑白照片，旁边还附有长长的说明和原始蓝图。

“哇。”我叫道。书里面还有叫落水别墅、跳舞楼和“鸟巢”的建筑。

“你喜欢吗？”

我看着她。“真的给我？喜欢，谢谢。”

“达莉亚是个工程师。”父亲说道。

“你爸爸说你有兴趣帮我建一台风力发电机，我会给你讲怎么建。我们还要去别的房子里搜刮零件，不过肯定挺有意思的，对吗？”

“大概吧。”我说道，还在翻着那本书，心里却想着跟这个女人去搜刮房子能有什么意思。

“谢谢你的礼物，”父亲说道，“不过吃饭的时候要把书放一边。”我照着做了，但在剩下的吃饭时间里，我一直在想，有了这本书之后我该有多快乐。

我们要离开时，天就快黑了。外面的世界在潮湿的暮光中显得模糊不清。父亲和女人亲了亲，她和小女孩站在台阶上，看着我们上了船，并朝我们挥手作别。我们驾着船穿过黑暗驶向卡车。

我们开车回家的路上，小岛散发出一种不祥的气氛，能看到的只有死去树木的影子和我们下面往后退的路。潮水又回来了，有些时候父亲不得不行驶在别人家的草坪上，躲过已沉入水中的街道。父亲点起一根烟，烟头在车厢里亮起了橙色，微微照亮了他的脸，我能看到他皱起的眉头。

“今天过得还不错吧。”

我没说什么，因为我想知道他还有什么没跟我说的。“我还以为这里没人活着了。”我终于开口说道。

“我也吃了一惊。我在勘察新地盘时发现了她们。达莉亚是个生存高手，她让她们两个过得既安全又舒适。”

“你为什么没跟我说起过她们呢？”

父亲摇下了窗户，将烟头弹出窗外。“我想确定她足够重要之后再介绍给你。”

他的回答没有任何道理，说得就好像和另外两个活人见面不是什么重要的事情似的。而且，他这么做似乎也不怎么地道，自己去了一个暖和的地方，把我一个人扔在潮湿的破房子里，那里还充斥着海水在炉子上蒸发后留下的咸味。

“为什么把唱片机给她？”

“因为她那里有电，而且我知道她会喜欢。”父亲说道，“她们下礼拜会来跟我们一起吃晚餐，还会在我们那里住一晚。”

“为什么？”

“因为我邀请了她们。”

“我不想让她们来。她们能睡在哪里呢？”

“达莉亚跟我一起睡，菲奥娜睡你房间。”

“为什么她们不能睡在客厅？”

“因为那里太潮湿了。她们是客人，我们不能这么对她们。你只需在一个晚上与别人同住。这样挺好的，或许你要快点习惯起来。”

接下来的路上，我没有跟他说过一句话，连他跟我道晚安时我也没开口。我点起蜡烛，躺在床上看那女人给我的书。我一页一页地翻着，听着楼下父亲的刻刀发出的雕刻声，他又在雕钢琴键了。书里有一章是曼哈顿的摩天大楼，一页页都是巨大的建筑：帝国大厦、克莱斯勒大厦、洛克菲勒大厦。我想象着这些大楼伸出海面，附近的人都生活在上层，从窗户里往外钓鱼，注视着地平线，随时准备欢迎幸存者，比如我母亲，又比如我。

父亲整个星期都在收拾房子。他擦干净桌子，将氧气瓶拖到车库，并要求我清洁我房间里的渔网。我们的潜水衣也消失在了衣柜里，我还被派到外面，冒着雨拾满一桶接一桶我们存在草坪上的牡蛎和海螺，直到我又湿又饿，并气他把时间浪费在打扫上，而不是去捕鱼。

父亲在火炉上烧好热水，倒进大桶里，洗了我们的衣服和床单，再拧干，希望它们能及时晾干。接着我们划船进了大海，拉起了我们的捕龙虾罐，收获了四只大个的绿色家伙。现在它们趴在厨房的水槽里，疲惫地相互举着大钳子，嘴巴冒着白沫，徒劳地想从不锈钢的侧壁上爬出。

床单到了晚上仍然是湿的。父亲已出发去接达莉亚和菲奥娜了。我听到卡车回来的声音，抬头刚好看到他们下车，父亲正在跟菲奥娜说些什么，让她笑了起来。“我们来了。”他们进来时父亲开口说道。女人跟我打了声招呼，父亲拿走了她们的外套。“带菲奥娜参观一下你的房间吧。”他说道。

“好的。”我说道。但我能给她看什么呢？只有几张棒球卡和一本我早已看腻的漫画书。好在里面有个地球仪，菲奥娜倒是挺喜欢的。我跟她一起坐在地板上，慢慢地转着它，指给她看洪水之前的地球是什么样子的，她用手指感受着上面高低不平的地形。

我们下来吃晚餐时，桌子上点起了蜡烛，屋子变得跟以前大不一样，我差点就认不出来了。父亲端上了龙虾，我们坐下弄碎钳子，就着父亲从海水里煮出的一小碟盐吃了起来。我看着父亲说话，他看上去像是变了个人，显得很快活。多数时间里，我都在想这一切也太奇怪了。父亲坐着和她聊旧世界的事，他从来没跟我这么聊过。他们两个跟我说话时都太客气了，仿佛我是一块诱饵，他们想吃下又不想被扎破嘴。

晚餐结束后，我端着龙虾破碎的钳子和掏空的身子去了外面。夜晚很安静，只有海浪拍打仓库发出的有节奏的唰唰声，以及帆船在里面发出的晃动声。屋里，父亲和女人及她的女儿围坐在烛光旁，从窗户望进去，这情景显得既温暖又惬意，但感觉那么陌生，仿佛我在看着别人的家。

地板上放下菲奥娜的临时床垫后，就连我自己的房间都显得陌生起来。睡前，她母亲进来吻了吻她的前额，看着令我心生妒忌，但她也跟我道了晚安。她母亲走后，菲奥娜的眼睛仍然睁着。“你觉得海里面有美人鱼吗？”她问道，我跟她说没有。她又问起了地球仪上的国家，它们叫什么，我有没有去过哪个；接着她问起了洪水之前的世界是什么样子的。

“那时候有很多人，”我说道，“还有很多小孩。他们会骑车，可以去任何你想去的地方。”我没有说漂浮在汽车后座上的玩具，或是邻居在淹死之前最后的日子里还在争抢食物；没有说父亲是如何拽着我挤过超市已淹水走廊里的人群，我又如何看到一个男人打倒了另一个人，只是为了争抢一盒还没被水泡了的麦片。我也没有告诉她，我的母亲是如何与兰迪一起乘着游艇消失的。但是，我跟她说了电视，以及曾经鳞次栉比的商店，里面满是玩具和电子产品。

还没等我说到如今水下的世界是什么样子时，菲奥娜就睡着了。于是，我躺着听雨打在房顶的声音和外面的海浪声。一个低沉的、压抑的声音混在其中，最后我终于听明白了，那是父亲的笑声。隔着墙，我几乎听不到他们的动静，因此我偷偷溜进了走廊，小心翼翼地落脚，避免地板发出动静，终于听到了父亲在温柔地说话。我从来没听到过他对谁这么说过话，除了对母亲之外。

“一个人照顾他很难，”父亲说道，“她抛弃了我们，但他还是会想念她。”

照顾我？我想着，这么多年来我一直在自己照顾自己。

“他会没事的，”女人说道，“你也不必再自己一个人承担了。我们会相互照顾。你觉得他会跟着来吗？”

“我会跟他说的。我会说我们必须在春天之前搬走，就这么定了。这房子就快垮了，他不知道我们没剩下多少时间了。”

我终于明白了，就如同跳进冷水里一样明显，我是多么无足轻重。就在几天之前，父亲甚至都没跟我提过这个女人，现在他竟然计划离开我们的家，去跟她住一起。我其实不介意，因为自从洪水开始上升的那一刻，我就一直想要离开。当所有人都抛弃了我们的街区后，父亲仍不愿撤离，我爬到了房顶，用衣服拼出了求救信号。我挥舞着胳膊，看着那些直升机消失，父亲站在门口冲我喊，让我下来。“没事的，”他重复着，“我们不需要帮助。”

我踮起脚尖回到了房间，菲奥娜睡得正香。我躺在床上，看着窗外，想要记住住在这房子里的感觉。从窗户看出去，云层像是一群群水母，在黑暗的天空中飘浮，月亮应该躲在了它们身后的某处。听到父亲的鼾声响起后，我爬下床，打开了衣柜。我拿出帆布袋，把衣服装了进去，一起装进去的还有我的雨衣、瑞士军刀，以及那本有关建筑的书。

涨起的潮水温柔地拍打着仓库的墙壁。我顶着水拉开门，看到里面的帆船如同一匹入睡的马一样安静。我把氧气瓶拖了上去，并把帆布包甩到甲板上，随后爬上了船，从墙上解开了绳结，感觉船漂着进入了开阔的水面，仿佛它也急着离去似的。

我升起了帆，它张得满满的。船安静地滑过我们后院的水面。我知道只要一直向西，总有一天会到达陆地，我也知道有了那个女人的陪伴，父亲现在很快乐。或许有一天我会再驾着船回来，跟我父亲当面说出那些我在纸条上留给他的话，说他不必担心我，我已经学会了他试图教我的东西。我知道如何潜水，并且在气瓶里的气用完时会屏住呼吸；我知道如何捕鱼，如何收拾鱼，没有他的帮助我也能过活。这些也是船驶离我们的房子时，我对自己说的话。我离开了没关系，我的生活里肯定不会只有父亲一个人。我一直想离开，前往别的世界，那里到处都是陌生人，其中一位便是我的母亲。未来如同潜藏在深海里的鱼，等着我去抓捕。

ACKNOWLEDGMENTS
致谢

在此万分感谢大家对我的爱与支持。感谢我的儿子彼得，我的生命之光，他是故事的首个听众。感谢我的父母给了我一生的爱与引领。感谢雷切尔，我此生及无数个来世的挚爱。感谢我非凡的经纪人利·费尔德曼对我一直以来的付出。感谢我的编辑卡罗琳·赞坎和已故的P.J.霍罗什科（书中的每一页都承载了他的奉献和对他的怀念）。感谢亨利·霍尔特出版社和骑马斗牛士出版社的全体同仁对我作品的信任。感谢豪伊·桑德斯，我在好莱坞勇敢的支持者。感谢桑迪·霍奇曼帮我走向国际。感谢老光优美的翻译，以及出版人吴畏和果麦整个团队的努力。感谢托尼·格兰特和卡罗琳·格兰特夫妇以及可持续艺术基金会对父母作家的支持。万分感谢玛莎葡萄园创意写作学院的各位作家，每个夏天都用魔法和爱意创造世界。感谢托尼·卡尔迪佐内、萨姆拉特·乌帕德亚雅和罗斯·盖伊在印第安纳大学的陪伴。感谢波比·路易丝·霍金斯、杰克·科洛姆、朱尼尔·伯克、芭芭拉·迪利在那洛巴大学陪我一起度过的时光。特别感谢阮彭（音译）、迈克尔·卡多斯、罗伯特·詹姆斯·拉塞尔和斯蒂芬·温斯坦对故事提出的宝贵意见。感谢克里斯托弗·奇特罗、基斯·伦纳德、马库斯·威克、阿卜杜勒·沙库尔、布拉德利·贝兹尔的友情校订。感谢我的丹麦和英国家人给我的爱与一贯的鼓励。感谢耶特和斯蒂芬、邦特和埃米利奥斯，以及尼古拉斯（我们会坚持搭乘长舟回家）。感谢梅森、阿什顿、布雷克和希金斯一家、布罗特耶一家，你们的爱是我的整个世界。感谢所有读过我的书、听过我的草稿以及一路支持我的朋友：霍泽夫、布罗迪和卡特、劳拉和乔恩、戴维和普里、蒂姆、克雷、阿基莱斯、泰勒、A2、MV、吉尼塞奥的伙伴以及众多其他读者。感谢唐·巴勃罗和墨西哥惠乔尔部落。感谢哈罗德·汤普森和伊普西兰蒂斯的同伴。感谢你们所有人，感谢你们的爱让世界变得更加美好。

（全书完）

我们必须从此刻重启。
这个世界总是充满了痛苦和失去，我们要学会重新去爱。

亚历山大·温斯坦

Alexander Weinstein

“我认为，离开我们的电子设备，找到重新融入社会的方式是至关重要的。世界上有很多人在受苦，我们可以主动去帮助他人，让大家都过上更幸福的生活。这是一项艰巨的任务，但也是人类的重启，世界将因此而变得更美好。”

人类重启

产品经理 | 徐羚婷　　装帧设计 | 何月婷
技术编辑 | 白咏明　　责任印制 | 刘　淼
监　　制 | 吴　涛　　出 品 人 | 吴　畏

图书在版编目（CIP）数据

人类重启 / (丹) 亚历山大·温斯坦著 ; 老光译
. -- 成都 : 四川文艺出版社 , 2021.1
ISBN 978-7-5411-5848-3

Ⅰ . ①人… Ⅱ . ①亚… ②老… Ⅲ . ①幻想小说—小
说集—丹麦—现代 Ⅳ . ① I534.45

中国版本图书馆 CIP 数据核字（2020）第 224542 号

著作权合同登记号 图进字：21-2020-361

RENLEI CHONGQI

人类重启

［丹麦］亚历山大·温斯坦 著 老光 译

出 品 人 张庆宁
责任编辑 邓 敏
责任校对 汪 平
装帧设计 何月婷
出版发行 四川文艺出版社（成都市槐树街 2 号）
网 址 www.scwys.com
电 话 028-86259287（发行部） 028-86259303（编辑部）
传 真 028-86259306
印 刷 天津丰富彩艺印刷有限公司
成品尺寸 140mm×200mm
开 本 32 开
印 张 6.5
字 数 120 千
版 次 2021 年 1 月第一版
印 次 2021 年 1 月第一次印刷
书 号 ISBN 978-7-5411-5848-3
定 价 49.80 元